MON AMI FRÉDÉRIC

Hans Peter Richter

MON AMI
FRÉDÉRIC

Traduit de l'allemand
par Anne Georges

Titre original :
DAMALS WAR ES FRIEDRICH

© Hans Peter Richter, 1980.
© Librairie générale française, 2007 pour la présente traduction.

*Autrefois, c'étaient les Juifs...
Aujourd'hui, ce sont ici les Noirs, là les étudiants...
Demain, ce seront peut-être les Blancs,
les Chrétiens ou les fonctionnaires...*

Prologue

1925

Nul ne savait qui l'avait baptisé Polycarpe et ce nom lui resta aussi longtemps que dura son règne dans le petit jardin, devant la maison.

Vêtu d'un pantalon vert et d'une veste rouge, la tête couverte d'un bonnet bleu en pointe, il se dressait au milieu de la pelouse, tel le seigneur des lieux. Avec sa longue pipe dans la main droite, la gauche fourrée dans la poche de son pantalon, il regardait par-delà le jardin, comme quelqu'un qui savoure ses fins de journée.

Polycarpe ne quittait jamais sa place. Quand l'herbe était trop haute au point de lui masquer la vue sur les dahlias le long de la haie du jardin, il voyait la femme du propriétaire arriver avec une cisaille, se mettre à quatre pattes dans le carré de verdure, et réduire les tiges de la longueur d'une allumette.

Les apparitions de M. Resch, le propriétaire de la maison, étaient plus rares. Elles se limitaient aux grands jours, et seulement par beau temps. Il se traînait jusqu'au milieu de la pelouse. Sa femme aussitôt s'empressait de lui apporter une chaise, et il s'affalait en haletant à côté de Polycarpe, son nain de jardin.

Le corpulent M. Resch restait, pile une heure, assis sur sa chaise, à scruter la rue, à observer les passants. Après quoi, il se levait péniblement, faisait comme chaque fois le tour de Polycarpe, puis rentrait chez lui. Jusqu'à la sortie suivante, il se contentait de regarder de sa fenêtre la rue, Polycarpe et le jardin.

M. Resch n'était pas uniquement un propriétaire immobilier. Il avait débuté dans la vie comme représentant de maillots de bain. Au fil des années, sa réussite lui avait permis de devenir grossiste. Désormais, c'étaient les autres qui travaillaient pour lui. Il lui suffisait de rester vissé sur son siège près d'un téléphone pour diriger ses affaires. Il avait enfin acquis le droit d'exercer un pouvoir et ne se privait pas de le faire sentir ! Sa maison était son empire ; représentants de commerce et locataires étaient ses sujets.

Nous habitions – ou plutôt, mes parents habitaient le premier étage de cette maison. Jusqu'au jour où mon père se retrouva au chômage. Il était sur le point de troquer le logement de M. Resch contre un plus petit, lorsque ma naissance s'annonça.

En 1925[1], la plupart des Allemands avaient vu fon-

---

1. Se reporter à « l'Annexe », en fin de texte, pour toute explication complémentaire sur certains faits historiques et sur les termes et les rites de la religion judaïque.

dre toutes leurs économies : la grande dévaluation venait de se produire. Quant aux perspectives de trouver des emplois correctement rémunérés, elles étaient minimes. Partout, la misère et le chômage ne faisaient que croître.

C'est pourquoi l'inquiétude de mes parents fut d'autant plus grande, lorsque je vins au monde : il allait falloir, moi aussi, me nourrir et me vêtir.

Frédéric Schneider naquit juste une semaine après moi. Ses parents habitaient dans la même maison que nous, à l'étage au-dessus. Son père était fonctionnaire des Postes. En ce temps-là, mes parents le connaissaient à peine. En dehors d'un salut poli le matin, quand il partait travailler, d'un autre salut le soir à son retour, les échanges de paroles étaient rares.

Les occasions de rencontrer Mme Schneider, une brunette de petite taille, étaient encore moins nombreuses. Sitôt après avoir fait ses courses ou balayé son palier, elle disparaissait derrière sa porte. Quand on la croisait dans la rue, elle vous adressait un sourire, mais jamais ne s'arrêtait. Il fallut attendre la naissance, quasi simultanée, de moi-même et de Frédéric pour que des liens se nouent entre nos deux familles.

1

Les galettes de pommes de terre

1929

Maman et moi, nous étions encore en train de prendre notre petit déjeuner quand Mme Schneider sonna à la porte. Elle nous dit qu'elle était convoquée à la mairie et que, ne pouvant emmener Frédéric, elle ne voulait pas non plus le laisser seul chez elle. Elle nous demanda si elle pouvait nous le confier.

— Sans problème, répondit Maman. Il jouera ici avec mon fils.

Une demi-heure plus tard, Frédéric se présenta chez nous. Depuis quatre ans qu'il vivait à l'étage au-dessus, nous nous étions déjà amusés ensemble ; nous nous étions même quelques fois chamaillés. Mais il n'avait encore jamais franchi le pas de notre porte.

Ce jour-là, à peine fut-il dans le couloir de notre appartement que je me campai ostensiblement devant ma chambre pour en barrer l'accès. Ma mère eut beau me sermonner, rien n'y fit. Je ne cédai pas d'un pouce et fixai Frédéric d'un regard hostile : il n'était pas question de partager mes jouets avec lui.

Frédéric m'observa un moment, sans rien dire. Puis je le vis s'accroupir, le dos appuyé au mur, et sortir de la poche de son pantalon comme un morceau de branche d'une vingtaine de centimètres.

— Mon père est allé en Forêt Noire, m'expliqua-t-il. Il m'a rapporté cette flûte, qui fait *Coucou* quand on en joue.

Portant la flûte à ses lèvres, il souffla doucement et fit entendre un premier « coucou ». Après une courte pause, il m'adressa un sourire et se remit à jouer.

Chaque « coucou » me faisait avancer d'un pas. Quand je finis par me trouver nez à nez avec Frédéric, il s'interrompit, m'adressa un nouveau sourire et me glissa la flûte dans la main. Sur le moment, je me demandai pourquoi et le regardai comme un idiot. Quand, d'un coup, je compris. Sans un mot, je le pris par la manche, l'entraînai dans ma chambre, jonchée de jouets et lui dis :

— Tu peux jouer avec tous, si tu veux.

En fait, je m'en réservai un, mon ours en peluche. Je le calai dans un coin près du lit, me tapis à son côté et commençai à sortir de la flûte un chapelet de « coucou, coucou... ».

Frédéric joua d'abord avec mon jeu de construction. Il voulait superposer les cubes pour en faire une tour, mais la tour s'effondrait sans cesse. Au début, il trouva ça très drôle ; il finit par s'énerver et, râlant contre les cubes, balaya tout de la main et chercha un autre jeu. Découvrant mon camion, il s'amusa à charger de cubes sa plate-forme et sa remorque, puis joua au chauffeur en le faisant tourner et virer à travers la chambre.

Moi, j'avais épuisé les joies de la flûte. J'avais tellement soufflé dans cet instrument que j'en avais mal à la mâchoire ! Je l'abandonnai dans un coin et sortis mon petit train de l'armoire.

Frédéric me tendait les rails, je les ajustais. On posa ensuite les wagons. Restait encore à remonter le mécanisme d'horlogerie de la locomotive : je permis de bonne grâce à Frédéric de le faire ! Le train partit.

Quand nous voulions qu'il s'arrête, il nous fallait ramper sur le ventre pour atteindre la cabine du conducteur de la locomotive et inverser la position d'un levier. Le plus souvent, le train s'arrêtait tout seul, le mécanisme étant à bout de course. On joua encore au train de marchandises, en chargeant les wagons de marrons d'Inde. Je montrai aussi à Frédéric comment le faire dérailler et on joua au « jeu de l'accident de chemin de fer ».

À la fin, on s'écroula de fatigue et, tels des zombies, chacun resta étalé par terre sur le dos, les yeux rivés sur la lampe du plafond. Cubes, rails, marrons d'Inde, wagons, vieux chiffons, bouts de papier étaient éparpillés sur le plancher. Il y en avait partout. Seul mon ours restait dignement assis dans son coin, embrassant du regard l'incroyable désordre. C'est alors que Maman fit irruption dans la chambre : elle venait nous proposer de l'aider à faire des galettes de pommes de terre.

Chez nous, on ne faisait ces galettes qu'en certaines occasions. C'était le plat préféré de mon père. Quand Maman les préparait, toute la famille participait. Généralement, mon père écrasait les pommes de terre et moi, je hachais les oignons, à en avoir les yeux en pleurs.

Ce jour-là, profitant de l'absence de Papa, je me chargeai des pommes de terre. Déjà cuites et épluchées, je n'avais qu'à les mettre dans le presse-purée tandis que Frédéric tournait la manivelle. Cette fois, ce fut Maman qui hacha les oignons. On ajouta encore de la farine et une pincée de sel et on mélangea le tout. Devant le résultat, nous étions, Frédéric et moi, réellement très fiers de nous.

Au moment de la cuisson, nous nous étions approchés du fourneau pour mieux voir. Maman avait versé de l'huile dans une poêle posée sur le feu, et l'huile commençait à grésiller. Dès que celle-ci entra en contact avec la galette de pâte de pommes de terre, il y eut comme un sifflement et un nuage de fumée envahit la cuisine. Mais ça sentait délicieusement bon. Maman attendit un peu avant de retourner la galette et cuire l'autre face. Le temps de brunir légèrement sur les bords, de passer en son milieu du ton havane au gris-vert, la première galette était cuite.

Maman la tendit à Frédéric.

— Attention ! C'est brûlant, cria-t-elle.

Mais c'était trop tard. Déjà Frédéric la lançait d'une main dans l'autre. Je la lui chipai au passage. Frédéric réussit à la reprendre. On commença à se disputer. Maman fit la grosse voix.

Oubliée dans la poêle, l'huile bouillante gicla et la deuxième galette se retrouva par terre.

On se réconcilia. À chaque nouvelle galette, Frédéric mordait d'un côté, moi de l'autre. Toutes y passèrent. Il n'en resta même pas une pour Papa.

Quelle fête inoubliable ! Nous étions si rompus de fatigue et repus de galettes de pommes de terre que nous ne tenions plus debout et dûmes prendre appui au mur.

Le regard de Maman s'attarda sur nous.

— Dans quel état vous êtes, les enfants ! s'exclama-t-elle. Je crois que vous avez besoin d'un bon bain.

La suite de ses paroles fut couverte par nos hurlements de joie.

Dans la baignoire, nous nous amusâmes comme des fous : nous faisions des floc avec les mains, gargouillions sous l'eau, nous aspergions, criions, éclations de rire. Maman n'en finissait pas de courir avec une serpillière d'un bout à l'autre de la baignoire pour éponger le sol.

Quand soudain quelqu'un frappa de grands coups au plafond de l'appartement du dessous et nous ramena au calme. Maman en profita pour nous laver consciencieusement et dut nous savonner par trois fois pour nous redonner figure humaine.

Maman sécha Frédéric dans une grande serviette, tandis que j'attendais mon tour en faisant la planche dans la baignoire. C'est alors que je l'entendis lui dire d'une voix rieuse :

— Eh bien, Fredy, tu es un vrai petit juif !

2

La neige

2

La neige

Ce jour-là, Maman n'en finissait pas de s'affairer dans la cuisine. Pour combler mon ennui, je décidai d'aller me poster à la fenêtre.

— Maman, m'écriai-je aussitôt. Tu as vu ? Il neige ! On peut sortir ?

— Attends un peu ! J'ai encore du travail, me répondit-elle.

Le jardin avait déjà disparu sous un manteau blanc. Seule émergeait la pointe du bonnet bleu de Polycarpe. Et l'allée de pierres plates, qui menait de la porte d'entrée de la maison jusqu'au portillon du jardin, était encore vierge de toute trace de pas.

Soudain, je vis Mme Resch sortir avec une pelle et se mettre à dégager l'allée. Elle repoussa la neige sur l'un des côtés, celui planté de rosiers, créant tout du long comme une petite colline. Puis elle rentra chez elle.

— Maman, m'exclamai-je, désespéré. Mme Resch a enlevé toute la neige !

Maman s'esclaffa :

— Rassure-toi ! Il va encore en tomber, et même davantage.

Peu après, la porte d'entrée de la maison claqua. C'était Frédéric qui sortait en trombe et filait dans la rue. Il s'amusa un moment à sauter à pieds joints dans la neige, à avancer à grands pas lents pour le plaisir de voir les empreintes laissées par ses semelles ou encore à attraper les flocons avec sa langue. Il voulut aussi damer la neige pour tracer une piste. Chaque fois qu'il tapait du pied, il soulevait de superbes nuages blancs. Pour les faire tourbillonner davantage, il s'avisa de frotter la neige avec le bord de ses chaussures.

Je criai :

— Maman ! Frédéric joue déjà dans la neige. Tu en as encore pour longtemps ?

— Apprends à être patient, mon garçon, répondit-elle. Je n'ai pas terminé.

La porte d'entrée s'ouvrit à nouveau, mais cette fois sans le moindre bruit. C'était Mme Schneider qui sortait. Elle chercha Frédéric du regard et l'aperçut près de la maison voisine. Sans se faire remarquer, elle arriva dans son dos et, au dernier moment, lui lança une boule de neige sur la tête.

Frédéric s'ébroua en hurlant, puis se retourna aussi sec. Sa mère était devant lui, qui continuait de le bombarder. Il pouffa de rire. Pour éviter les projectiles, il devait tantôt se courber, tantôt se protéger le visage de ses mains. Au moment où elle s'y attendait le moins, il bondit sur elle, se jeta sous son manteau et s'accrocha à elle pour échapper à ses attaques.

Au milieu des rires, Mme Schneider s'accroupit et serra Frédéric dans ses bras. Après lui avoir enlevé la neige qui collait encore à son manteau, elle le prit par les épaules et l'entraîna dans une danse endiablée.

Je hurlai de nouveau.

— Maman ! Mme Schneider, elle aussi, est dehors avec Frédéric. On y va maintenant ?

Maman soupira d'exaspération :

— Cesse donc de m'importuner ! Je fais tout pour aller plus vite.

Avant de quitter le trottoir, Mme Schneider s'était assurée que la voie était libre. Je la vis alors traverser la chaussée en opérant de petites glissades. Elle renouvela ce manège trois ou quatre fois, toujours au même endroit. Une piste peu à peu se dessina. Après l'avoir encore tassée en sautillant dessus, elle prit son élan et partit, bras écartés, dans une très longue glissade. Visiblement grisée, elle recommença. Mais à un moment donné, son corps chancela, ses pieds partirent en avant et plouf !, elle se retrouva les quatre fers en l'air. Elle riait tellement qu'elle n'arrivait même pas à se relever et Frédéric vola à son secours.

Frédéric voulut, lui aussi, se lancer dans une longue glissade. Mais il garda les pieds joints au lieu de les mettre l'un derrière l'autre. Même en moulinant l'air de ses bras pour tenter de garder l'équilibre, il serait tombé sans l'intervention de sa mère.

J'étais au bord de l'explosion.

— Maman ! Les Schneider font des glissades. Maintenant, on y va !

Maman s'énerva carrément.

— Il n'en est pas question tant que je n'ai pas fini de laver le linge.

Frédéric ramassait de la neige qu'il pressait dans ses mains pour en faire des boules. Une fois terminées, il les empilait devant le portillon du jardin. De l'autre côté de la rue, Mme Schneider en faisait autant. Quand les deux tas furent suffisamment importants, ils se livrèrent une bataille de boules de neige. Comme Frédéric n'avait pas la force de lancer aussi loin que sa mère, celle-ci, par souci d'équité, s'était mise au milieu de la rue. Les boules de neige volaient dans toutes les directions. Frédéric fut le premier à atteindre sa cible, profitant de ce que sa mère s'était penchée pour se fournir de nouveaux projectiles. Mais sitôt après, c'est lui qui fut touché en plein ventre.

À force de se baisser, de se relever, de lancer des boules de neige, Frédéric et sa mère avaient les joues toutes rouges. De les voir si joyeux, si détendus, je désespérais de les rejoindre. Mais je n'osais plus crier.

— Maman, dis-je simplement, les Schneider font une bataille de boules de neige. Je voudrais tellement en faire une avec eux !

Devinant mon chagrin, Maman me répondit gentiment :

— Encore une petite minute, et je suis à toi.

Les deux tas étaient épuisés. Mme Schneider avait repris de la neige. Cette fois, elle la malaxa tout un moment entre ses mains. Puis, cherchant un endroit où la couche neigeuse était plus abondante, elle y déposa délicatement la boule qu'elle venait de réaliser et la fit rouler un grand nombre de fois. La boule grossissait à vue d'œil. De temps en temps, Mme Schneider s'interrompait et la tapotait pour la raffermir.

Frédéric commença par regarder sa mère sans comprendre. Quand, soudain, il fila lui aussi à la recherche d'une couche fraîche et abondante pour en faire autant. La boule de sa mère était évidemment la plus grosse. D'ailleurs, elle eut beaucoup de mal à la faire rouler jusqu'au jardin. Après avoir aplati sa partie supérieure, elle y superposa celle de Frédéric, colmata ensuite la jonction des deux boules avec de la poudreuse, puis lissa le tout avec ses mains.

J'en avais de plus en plus gros sur le cœur.

— Maman, larmoyai-je. Ils font maintenant un bonhomme de neige !

— Ne pleure pas, répliqua Maman. Cette fois, on y va.

Elle était allée me chercher mes grosses chaussures d'hiver et mon manteau. Tout en m'aidant à m'habiller, elle regarda avec moi par la fenêtre. Mme Schneider et Frédéric venaient de modeler deux rouleaux de neige en guise de bras et Mme Schneider s'évertuait à les faire tenir sur la poitrine du bonhomme. Elle y parvint non sans peine.

— Tu vois, il neige toujours, fit remarquer Maman en achevant de m'habiller.

Elle m'avait encore noué une écharpe de laine autour du cou, enfoncé mon bonnet jusque sur les oreilles, et m'avait autorisé à étrenner les moufles qu'elle m'avait tricotées.

Visiblement satisfaite de mon allure, elle conclut d'un ton malicieux :
— Bon, à mon tour de me préparer. Et après ?
Je hurlai :
— Après, on file !

Frédéric fabriqua une seconde boule pour faire la tête du bonhomme de neige. Sa mère, pendant ce temps, fouillait dans la poubelle de la maison. Elle en sortit des scories de charbon, des épluchures de pommes de terre et une bouteille de bière cassée. Après avoir posé la boule réalisée par Frédéric sur le corps du bonhomme, elle enfonça le goulot de la bouteille à l'emplacement du nez. Les morceaux de charbon devinrent les yeux et les épluchures représentèrent de drôles d'oreilles.

Maman se tenait enfin prête derrière moi.
— On peut y aller, dit-elle.
Jetant un regard par la fenêtre, elle fit remarquer :
— Il est beau, ce bonhomme de neige ! Il ne lui manque plus qu'un chapeau.

Mme Schneider, elle aussi, avait l'air de trouver qu'il manquait quelque chose à son œuvre. Elle s'attardait devant, l'air dubitatif, quand subitement elle hocha la tête. Sortant une clef de sa poche, elle rentra dans la maison.

Resté seul, Frédéric continua d'apporter encore çà et là quelques retouches. Puis, comme sa mère ne revenait pas, il se décida à rentrer, lui aussi. Mais plutôt que d'emprunter l'allée, il trouva plus amusant d'escalader le monticule de neige sur le côté, pour le plaisir de s'enfoncer et de patauger dans une couche aussi épaisse.

C'est alors qu'une fenêtre s'ouvrit à grand bruit, et la voix de M. Resch explosa littéralement :

— Veux-tu bien ne pas piétiner mes rosiers, sale petit Juif !

Ma mère recula d'un pas.

— Viens ! me dit-elle. Éloignons-nous de cette fenêtre.

3

La visite de Grand-père

1930

Mon grand-père, le père de Maman, était cheminot. Il voyageait beaucoup. Parfois, quand il passait par notre ville et avait la possibilité d'interrompre son voyage, il nous rendait visite. Mais il nous prévenait toujours par l'envoi d'une carte postale.

Sitôt informée de sa venue, Maman se lançait frénétiquement dans une remise en ordre de tout l'appartement, allant jusqu'à chercher la poussière là où il n'y en avait pas, et elle utilisait ses derniers sous pour acheter du bon café.

Moi, j'avais droit à un brossage en règle des mains, au point de ne plus pouvoir m'en servir tant elles me faisaient mal. Et pour discipliner mes cheveux, habituellement rebelles, Maman me les plaquait avec de l'eau du robinet.

À l'heure dite, vêtu de mon costume du dimanche, je me postai comme toujours dans le couloir, derrière la porte d'entrée, et attendis. Au premier coup de sonnette, je m'empressai d'ouvrir. M'inclinant bien bas, je saluai mon grand-père et lui souhaitai la bienvenue.

Il passa devant moi sans un mot, entra rapidement dans l'appartement, inspecta toutes les pièces et ne s'arrêta qu'une fois arrivé dans le salon. C'est seulement à ce moment-là que nous pûmes lui serrer la main. Il en profita d'ailleurs pour inspecter les miennes. Elles étaient propres. Mais il me fallut encore tourner sur moi-même, puis lever les pieds l'un après l'autre pour lui permettre de vérifier si le bord de mes semelles avait également été ciré. Connaissant ses manies, personne ne se formalisa.

Après quoi, Grand-père s'assit à la table du salon à sa place habituelle, le buste droit comme un I. Papa s'assit en face de lui. Mais Maman resta debout derrière lui, prête à devancer ses moindres désirs.

Quant à moi, je me tenais recroquevillé sur ma chaise, mes mains rougies par la brosse en chiendent sagement posées sur des genoux luisants de propreté. Dès que je faisais un mouvement, Maman me réprimandait du regard et mettait un doigt sur ses lèvres pour me rappeler au silence.

Comme toujours, Grand-père s'en prit à Papa, lui reprochant de ne pas faire tout son possible pour retrouver du travail. Papa garda la tête baissée et laissa passer l'orage, connaissant par cœur le mot de la fin. C'était toujours le même.

— Si tu étais rentré comme moi aux chemins de fer, conclut Grand-père pour la énième fois, toi et ta famille, vous ne seriez pas dans cette misère noire !

Papa se contenta d'opiner de la tête.

— Par contre, ajouta-t-il, ce garçon entrera aux chemins de fer. J'en fais mon affaire. Je tiens à ce que lui, au moins, ait un avenir sûr et une bonne retraite !

Papa opina une nouvelle fois. D'ailleurs, il n'avait pas le choix. Son indemnité de chômage ne lui permettait pas d'assurer les dépenses du ménage jusqu'à la fin du mois. Dès qu'elle était épuisée, Grand-père nous envoyait de l'argent. Sans son aide financière, nous serions morts de faim. C'est pourquoi Papa ne pouvait pas se permettre de le contredire.

Soudain, il y eut un grand boum au-dessus de nos têtes et la lampe du plafond vacilla.

Spontanément, je m'exclamai :

— C'est Frédéric !

Grand-père me jeta un regard sévère. Puis, se tournant vers mon père :

— Qui est ce Frédéric ?

Papa s'empressa d'expliquer :

— L'étage au-dessus est habité par une famille juive, les Schneider. Leur fils s'appelle Frédéric. Nos garçons ont le même âge, et ils sont amis.

Grand-père dut se racler la gorge pour s'éclaircir la voix.

— Une famille juive ?

— Oui, dit mon père. Des gens très gentils !

Le visage de Grand-père se ferma ; ses traits se

crispèrent. Après un silence qui nous parut interminable, il se mit à raconter :

— J'ai eu autrefois un supérieur juif du nom de Cohn. Il était détesté de tout le monde. C'était quelqu'un qui ne se séparait jamais de son chapeau et qui avait toujours le sourire aux lèvres, même quand il avait à nous dire des choses désagréables. Quand quelqu'un commettait une erreur, il le convoquait dans son bureau et, avec son immuable sourire, le sermonnait comme s'il avait été un gamin, passant en revue tout ce qu'il avait fait de travers. Un jour, c'était en été, j'ai remarqué sous sa chemise un carré d'étoffe à franges. J'ai compris qu'il s'agissait d'un châle de prière. J'avoue que je n'évoque jamais son souvenir avec plaisir.

Grand-père fixa mes parents, s'attendant peut-être à un commentaire. Il n'en fut rien. Alors il revint à la charge.

— Nous sommes des chrétiens. N'allez pas oublier que les Juifs ont crucifié notre Seigneur !

À ces mots, le visage de Maman blêmit. Papa se hasarda à dire :

— Quand même pas les Schneider !

D'un bond, Grand-père se leva, prit appui de ses dix doigts sur le bord de la table, et d'un ton qui ne souffrait aucune réplique, il s'exclama :

— Je ne veux plus que mon petit-fils fréquente ce gosse juif !

Puis il se rassit aussi sec.

Papa et Maman étaient atterrés. Un nouveau silence, plus oppressant encore, s'était abattu sur nous. Ce silence fut soudain brisé par un coup de sonnette. Maman se précipita à la porte.

Du palier, j'entendis Frédéric dire :

— S'il vous plaît, madame, il peut monter chez nous ?

Maman chuchota presque :

— Ce n'est pas possible... Son grand-père est là.

Quand elle revint dans le salon, Grand-père la questionna, comme s'il était le maître des lieux :

— Qui était-ce ?

— L'enfant des voisins, répondit Maman.

Et elle enchaîna immédiatement :

— Souhaites-tu encore une tasse de café ?

4

Vendredi soir

Maman était à la maison, occupée encore une fois à faire de la lessive. En fait, elle lavait aussi pour les autres, mais elle en éprouvait tant de honte qu'elle ne le disait à personne. Papa, lui, était sorti, toujours à la recherche d'un emploi. Moi, j'étais chez les Schneider et jouais avec Frédéric dans sa chambre.

— À propos, dis-je à Frédéric. Qu'est-ce que c'est, ce petit étui rond que vous avez accroché au montant de la porte d'entrée ?

Mme Schneider, qui venait de pénétrer dans la chambre, répondit à sa place :

— C'est notre *mesuha*, notre porte-bonheur. Il est là pour nous rappeler à tout moment Dieu et ses commandements.

Et, me prenant par la main, elle m'entraîna vers le salon. En passant devant la mesuha, elle l'effleura de la main droite, puis porta à ses lèvres les doigts qui avaient touché l'étui.

— Sois gentil, me dit-elle, quand nous fûmes au salon, amuse-toi à regarder par la fenêtre, pendant que Frédéric change de vêtements. Son Papa va bientôt être de retour.

Je la vis ensuite remplir le poêle de charbon, le régler pour qu'il ne brûle que lentement et s'éclipser.

Je me retrouvai donc seul.

Mon regard s'attarda alors sur la pièce. Tous les meubles brillaient de propreté et les vitres des armoires étincelaient ! Nous n'étions que vendredi et Mme Schneider avait déjà fait un grand ménage alors que chez nous, Maman ne s'y consacrait vraiment qu'en fin de semaine. Je n'étais pas au bout de mon étonnement, quand je vis Frédéric me rejoindre, vêtu de ses plus beaux atours.

Peu après, Mme Schneider revint au salon, nous approcha deux chaises près de la fenêtre et nous regardâmes la rue en silence. Dehors, la nuit commençait à tomber. C'est à peine si on pouvait différencier le bonnet de Polycarpe de l'herbe de la pelouse. La rue était presque déserte. Tout le quartier baignait dans le calme. Puis, çà et là, des maisons s'éclairèrent et les réverbères s'allumèrent l'un après l'autre.

Un même calme régnait dans le salon des Schneider, mais il avait quelque chose de solennel. La pièce était à moitié plongée dans la pénombre et la seule lumière provenait de la nappe d'une extraordinaire blancheur dont Mme Schneider venait de recouvrir la table.

Sitôt après, elle sortit de l'armoire deux chandeliers à sept branches pourvus de bougies neuves, qu'elle posa sur la table ; fila à la cuisine ; en revint avec deux petits pains qu'elle avait cuits elle-même ; les posa eux aussi sur la table entre les chandeliers et la place de M. Schneider...

Cela faisait un moment que je ne regardais plus par la fenêtre et ne prêtais attention qu'aux allées et venues de Mme Schneider.

— Qu'est-ce qui se prépare chez vous ? demandai-je à voix basse à Frédéric.

— Le *sabbat*, me souffla-t-il.

Seule une étroite bande pourpre au-dessus d'un toit, au bout de la rue, indiquait encore l'endroit où le soleil venait de disparaître, colorant les alentours d'une teinte plus douce.

Mme Schneider, elle, continuait de s'agiter. Après avoir retiré son tablier, elle prit dans l'armoire une grande coupe en argent et la plaça devant le couvert de M. Schneider ; à côté, elle posa encore un livre de prières ; ensuite, elle alluma les bougies des chandeliers. Puis, se tournant vers le mur rougi par le soleil couchant, elle se mit à parler à voix basse. Je compris qu'elle priait.

J'entendis alors la porte d'entrée s'ouvrir. Quelques instants plus tard, M. Schneider pénétra dans le salon, tout vêtu de noir, la tête couverte d'une minuscule calotte brodée[1]. Frédéric alla au-devant de lui. M. Schneider lui mit la main sur la tête et lui dit :

---

1. Cette calotte que portent les Juifs pratiquants porte le nom de kippa.

— Que Dieu te rende semblable à Ephraïm et Manassé, que le Seigneur te bénisse et te protège, qu'Il laisse resplendir devant toi Sa face et te donne Sa grâce, que le Seigneur tourne vers toi Sa face et te donne la paix.

Puis il ouvrit le livre de prières et lut quelque chose à sa femme en hébreu. Mme Schneider l'écouta en silence, la tête inclinée.

Stupéfait, je fixais la flamme des bougies, ne sachant ni que faire, ni que penser.

La lecture terminée, M. Schneider prit la coupe en argent, la remplit de vin et, l'élevant des deux mains, il pria. Puis nous bûmes chacun une gorgée : M. Schneider le premier, ensuite Mme Schneider, Frédéric et moi en dernier. Sitôt après, M. Schneider sortit se laver les mains et quand il revint, il prononça au-dessus des deux petits pains ces paroles :

— Nous Te rendons grâce, Seigneur notre Dieu, Roi du monde, Toi qui fais sortir le pain de la terre.

Il coupa ensuite les pains, tendit à chacun de nous un morceau, et nous le mangeâmes en silence.

En cet instant, le bruit d'un robinet qui coule monta de notre appartement.

— Ta Maman est de retour, me dit Mme Schneider à voix basse. Si ça te fait plaisir, emporte quelques poires. Sinon, on va en perdre. Elles sont déjà très mûres. La corbeille est dans le couloir.

Je remerciai et descendis retrouver Maman.

Ce soir-là, en m'endormant, j'entendis les Schneider entonner doucement des chants qui semblaient d'une grande tristesse.

5

La première rentrée des classes

1931

Nous avions été autorisés, Frédéric et moi, à partager le même banc. Le maître débuta la matinée par une histoire. Puis il nous fit chanter : *Petit Jeannot*... Et c'est ainsi que s'acheva[1] notre première journée de classe.

Nos parents nous attendaient tous les quatre devant le porche de l'école. De toute façon, Papa n'avait pour l'instant aucune obligation ; M. Schneider, lui, avait pris sa journée pour la circonstance. Selon la tradition, ils nous firent cadeau, à chacun, d'un grand cornet-

---

1. En Allemagne, les élèves ne vont en classe que le matin.

surprise[1] : celui de Frédéric était rouge, le mien était bleu et un peu plus petit que le sien.

Frédéric s'empressa d'ouvrir son cornet, me donna de ses bonbons, puis cassa une des tablettes de chocolat pour en distribuer à tout le monde. Quand je voulus à mon tour dénouer le ruban du mien, Maman me fit non de la tête et, me prenant à part, elle me demanda d'attendre d'être à la maison. Je ne compris pas pourquoi, mais j'obéis.

Nous arrivions au premier carrefour quand M. Schneider lança à la cantonade :

— Et maintenant, où va-t-on ?

Je vis Papa lancer à Maman un regard effrayé.

Or Frédéric hurlait déjà :

— Au parc d'attractions ! Au parc d'attractions !

Papa échangea un nouveau regard avec Maman. Cette fois, c'était un véritable appel à l'aide.

— Je suis désolée, vraiment désolée ! intervint Maman aussitôt. Mais il nous est impossible de vous accompagner. J'ai encore tant de choses à faire à la maison ! Et je n'ai même pas préparé le déjeuner.

Au comble de la déception, je me mis à implorer :

— Oh Maman, s'il te plaît, j'aimerais tellement aller au parc d'attractions !

Papa chercha à me consoler et me dit gentiment :

— Sois gentil, mon garçon. Pense à ta maman !

— Aujourd'hui, il n'y a pas d'excuse qui tienne, trancha M. Schneider. Un jour de rentrée, on va s'amuser au parc !

---

1. Cette tradition germanique s'adresse à tous les jeunes écoliers, le jour de leur première rentrée scolaire.

Et il prit aussitôt Maman par la manche, et Mme Schneider s'accrocha au bras de Papa. Papa et Maman semblèrent embarrassés, mais n'osèrent pas insister davantage.

Fou de joie, Frédéric me fourra d'un coup quatre carrés de chocolat dans la bouche et, bras dessus, bras dessous, nous ouvrîmes les premiers la marche.

Arrivés au parc, nos pères nous donnèrent la main. À un moment donné, Papa se pencha vers Maman et lui chuchota à l'oreille :

— Tu peux me passer cinq marks ?

Maman murmura :

— Je n'ai pas un sou, excepté les deux marks pour les courses d'aujourd'hui.

Papa soupira :

— Donne-les-moi quand même ! J'ai encore soixante-dix pfennigs[1] en poche.

Maman fit semblant de fouiller dans son sac à la recherche d'un mouchoir, puis glissa discrètement les deux marks dans la main de Papa. Il avait un regard absent et triste. Je regrettai déjà d'avoir insisté pour aller au parc d'attractions. La famille Schneider marchait en tête ; nous suivions, le cœur lourd.

Nous fîmes un premier arrêt devant le manège. Nous le regardions tourner, quand je sentis les doigts de Frédéric me passer quelque chose dans la main. C'était un ticket !

Dès que le manège s'immobilisa, nous confiâmes, Frédéric et moi, nos cornets-surprises à nos mères, et

---

1. Le pfennig, utilisé en Allemagne avant l'entrée de la monnaie européenne, correspondait à 1/100 de Deutsche Mark.

chacun enfourcha un cheval : le mien s'appelait Bella ; celui de Frédéric, Alezan. Son nom était écrit sur la couverture de la selle.

C'était merveilleux de tourner à en avoir le vertige ! Nous faisions de grands signes à nos parents, sautillions sur place, poussions des cris de joie, talonnions nos montures... Jusqu'au moment où tout s'immobilisa.

Nous nous apprêtâmes à descendre, mais M. Schneider nous tendit de nouveaux tickets et la joyeuse chevauchée reprit pour la seconde fois.

À peine le manège commençait-il à ralentir qu'à notre grande surprise, nous vîmes nos parents escalader la plate-forme, choisir chacun un cheval et partir avec nous pour un troisième tour !

Après cette chevauchée extraordinaire, Mme Schneider offrit à tout le monde une énorme barbe à papa.

Tandis que nous déambulions dans le parc en dégustant notre boule de sucre, j'observais Papa du coin de l'œil. Je le voyais regarder chaque baraque, chaque stand, d'un air affolé. En fait, je pensais savoir pourquoi. Papa calculait dans sa tête, se demandant s'il aurait assez d'argent pour nous offrir lui aussi quelque chose. Je l'entendis murmurer à Maman :

— Que dois-je faire ?

Aussi désemparée que lui, elle eut un haussement d'épaules.

M. Schneider venait encore de nous acheter des hot-dogs à la moutarde. Mais Papa avait la gorge si nouée qu'il pouvait à peine avaler. Et Maman, qui pourtant adorait ça, mangeait visiblement sans plaisir.

Subitement, Papa disparut et revint quelques instants plus tard avec six bâtons de réglisse. Mme Schneider accepta le sien comme si de sa vie elle n'avait jamais reçu un tel délice. Chacun se mit à sucer sa friandise et Papa soupira de soulagement.

M. Schneider nous offrit encore, à Frédéric et moi, un dernier tour de manège, cette fois dans des voitures de pompiers. Mais le plus drôle, ce fut sûrement de voir quelques instants plus tard nos parents se balancer dans des nacelles au-dessus de nos têtes : M. Schneider et Maman dans l'une, Mme Schneider et Papa dans une autre !

Frédéric commençait à bâiller. Moi aussi, j'étais épuisé.

— C'est assez pour aujourd'hui, les enfants ! déclara M. Schneider. Maintenant, on rentre.

Nous allions quitter le parc quand, juste près de la sortie, Papa tomba sur ce qu'il cherchait. Une pancarte, sur le devant d'une baraque, indiquait :

Photos-souvenirs
1 photo : 1 mark
2 photos : 1 mark 50

Se précipitant aussitôt vers le propriétaire, il lui demanda de nous photographier.

— Vous m'en ferez deux tirages, précisa-t-il.

L'homme fit une courbette et dit d'un ton doucereux :

— Comme il vous plaira ! Si ces messieurs dames veulent bien se donner la peine d'entrer ?

Sur le mur du fond de la baraque était peint un

décor de montagnes. En avant du décor se trouvait un cheval de bois pommelé.

— Je vous en prie, prenez place ! nous dit l'homme.

— Où ça ? s'étonna Papa.

— Sur le cheval, évidemment ! répondit celui-ci.

— Mais il n'y a de place que pour deux ! s'exclama Papa.

— Un instant ! répliqua le photographe.

Nous le vîmes prendre la queue du cheval, l'enrouler autour de ses épaules et se mettre à tirer dessus, comme s'il voulait l'arracher. Lentement, le corps de l'animal s'allongea. Il s'allongea tant et si bien que dix adultes auraient pu sans peine s'asseoir sur son dos.

Le spectacle de ce cheval extensible était si cocasse que M. Schneider partit dans un fou rire comme jamais je ne l'avais vu.

Papa enfourcha l'étonnant quadrupède. Le photographe approcha un tabouret et aida les femmes à monter. Puis il nous hissa, nous les enfants, sur le dos de l'animal, nos bras toujours encombrés de nos cornets-surprises. Quand M. Schneider grimpa à son tour, il se tordait tellement de rire, qu'il faillit basculer de l'autre côté.

Tout le monde fut enfin prêt pour la pose. Nos mères nous tenaient, Frédéric et moi, pour nous éviter de tomber, tant nous étions morts de fatigue. Papa, les poings sur les hanches, bombant le torse, faisait mine de caracoler. M. Schneider n'en finissait pas de rire, et son rire commençait à nous gagner. Seul Papa esquissait un simple sourire, de crainte de perdre de sa prestance de cavalier.

Le photographe disparut sous le drap noir de son appareil photo, ne laissant voir que deux mains qui s'agitaient. D'une voix étouffée, il nous donna quelques consignes que personne ne comprit. Quand il réapparut, il glissa une plaque à la place de la vitre dépolie, se posta sur le côté de l'appareil et, juste avant d'appuyer sur une petite poire rouge en caoutchouc, il lança :

— On ne bouge plus !

Le plus difficile, ce fut de réprimer nos fous rires jusqu'au moment où il nous dit :

— Merci, c'est fini !

Le photographe s'était éclipsé avec la plaque dans sa chambre noire. Pendant ce temps, nous remîmes pied à terre et M. Schneider s'amusa à tirer sur la queue du cheval. Chose incroyable, le cheval de bois continua encore et encore de s'allonger ! De voir cette bizarrerie gigantesque se détachant sur fond de montagnes était si irrésistible que Papa, cette fois, éclata franchement de rire.

Le photographe revint avec les deux tirages. D'un geste désinvolte, Papa sortit l'argent de sa poche et le paya, puis il s'inclina révérencieusement devant Mme Schneider et lui offrit l'une des photos.

Le cliché me montrait, assis sur l'encolure du cheval, mon cornet-surprise calé entre ses oreilles. Derrière moi se trouvait Maman, les dents serrées comme quelqu'un qui aurait avalé une grenouille et craindrait qu'elle ne s'échappe. Papa plastronnait au milieu avec des allures de propriétaire. Frédéric s'agrippait à la veste de Papa, la pointe de son cornet se dressant au-dessus de la ligne de crête des montagnes comme pour soutenir les nuages. La petite Mme Schneider retenait son fils par le col et M. Schneider, derrière elle, lui enlaçait la taille en faisant le guignol.

Sur le chemin du retour, nous étions tous joyeux. Chacun commentait dans des éclats de rire l'épisode de la photo. Seul Papa avait un petit air gêné, réalisant combien il avait été ridicule d'avoir posé avec autant de sérieux sur un simple cheval de bois.

À peine franchi le seuil de notre appartement, je trébuchai de fatigue. Pourtant, je me débarrassai au plus vite de mon cartable neuf que je balançai dans un coin, et dénouai fébrilement le ruban de mon cornet-surprise : il n'avait pour tout contenu qu'un paquet de biscottes au sucre... et une énorme quantité de papier journal froissé !

Maman me posa tendrement la main sur la tête et me dit :

— Tu le sais, mon garçon. Nous ne sommes pas riches.

De la salle de bains, Papa, qui se lavait les mains, lança à Maman :

— Qu'avons-nous aujourd'hui au déjeuner ?

Maman eut un geste de lassitude avant de répondre :

— Des photos ! Nous avons dépensé tout l'argent des courses au parc d'attractions.

6

Un samedi, au retour de l'école

1933

Ce 1er avril 1933 était un samedi. Nous revenions de l'école.

— Tu sais quoi ? dit Frédéric. Hier après-midi, Maman m'a conduit chez le médecin. Elle voulait qu'il me débouche les oreilles. Mais il ne l'a pas fait.

— Pourquoi pas ? questionnai-je.

Frédéric éclata de rire.

— Il a dit à Maman qu'il n'y avait pas d'urgence, qu'il allait d'abord me prescrire un fortifiant, à raison d'une cuillerée par jour. Et il a assuré qu'au bout de trois jours je serais assez fort pour qu'elle me nettoie les oreilles sans que je hurle.

Ma curiosité fut piquée au vif.

— Et alors ?

Frédéric eut un haussement d'épaules.

— Alors, le sirop était si bon que j'en ai avalé cinq cuillerées à la suite !

Ce n'était pas ce qu'il m'intéressait de savoir. Je demandai donc :

— Et tes oreilles ?

Frédéric se mordilla la lèvre inférieure avant de répondre :

— Maman me les a débouchées dès hier soir.

Toujours insatisfait de sa réponse, j'insistai :

— Et tu as hurlé ?

Frédéric baissa les yeux.

— Un petit peu, seulement.

Nous poursuivions tranquillement notre chemin. C'était un samedi comme tous les autres. La circulation était calme ; des femmes, avec leurs cabas, faisaient leurs courses pour le lendemain.

Je revins à notre conversation.

— Vous allez chez quel médecin ?

— Tiens, on passe justement devant chez lui, me répondit Frédéric.

Et, du doigt, il me montra un immeuble.

— Tu vois cette plaque blanche ? C'est la sienne.

La plaque était à côté de la porte d'entrée. Écrits en caractères noirs, on pouvait lire :

Docteur Jakob Askenase
Pédiatre
Affilié à toutes les caisses maladie
Consulte tous les jours de 9 h à 12 h et de 15 h à 17 h,
sauf le samedi

Mais, en travers de la plaque, quelqu'un avait gribouillé à la peinture rouge le mot : *JUIF*.

Frédéric s'indigna.

— Qui a bien pu faire ça ?

Et en passant le doigt, il remarqua que la peinture était encore fraîche. Après avoir jeté un regard à la ronde, il me dit subitement :

— Viens, suis-moi !

Il entra dans le hall de l'immeuble et appuya sur la sonnette près d'une plus petite plaque au nom du docteur Askenase. Il ne se passa rien.

— Tu sais bien qu'il ne travaille pas aujourd'hui, fis-je observer. Il n'est peut-être pas chez lui.

Nous étions sur le point de repartir, lorsque la commande d'ouverture électrique de la porte intérieure se déclencha. Frédéric poussa du dos pour ouvrir en grand la porte. Quelques marches plus haut, nous nous retrouvâmes sur le palier du docteur.

Un homme d'un certain âge nous attendait. Il était vêtu d'un costume sombre et portait sur la nuque un petit châle de prières. Dès qu'il reconnut Frédéric, il lui dit avec un large sourire :

— Eh bien, mon garçon, est-ce que des choux commencent à te pousser dans les oreilles ?

Frédéric fit non de la tête et bafouilla, rouge de confusion :

— Maman... Maman m'a nettoyé les oreilles hier soir.

Le médecin opina.

— Je savais bien qu'un bon médicament te rendrait raisonnable. À moins que tu ne l'aies pas aimé ?

— Oh si ! s'empressa de répondre Frédéric, en se passant la langue sur les lèvres.

Puis, me désignant, il ajouta :

— Lui, c'est mon ami. Vous pourriez lui prescrire ce sirop, à lui aussi ?

Le docteur Askenase me donna une poignée de main et me dit :

— Dans ce cas, il faudra que tu viennes me voir un de ces jours avec ta Maman.

S'adressant ensuite à Frédéric :

— Ce n'est quand même pas pour cela que vous êtes ici ? Tu sais que je ne consulte pas le samedi.

Frédéric se sentit soudain embarrassé.

— On voulait... On voulait vous dire...

Il n'arrivait pas à achever sa phrase. Je conclus à sa place.

— À la porte d'entrée, quelqu'un a peint le mot JUIF sur votre plaque.

Le sourire s'effaça du visage du docteur. Le ton de sa voix n'était plus à la plaisanterie. Pourtant il répondit, comme si de rien n'était :

— Je l'ai vu. Mais ne vous inquiétez pas, je l'enlèverai demain. Et maintenant, rentrez vite chez vous, les enfants !

Après un dernier signe de tête, il referma la porte derrière lui.

De retour dans la rue, nous vîmes des gens courir jusqu'au premier carrefour.

— C'est sûrement un accident, dit Frédéric.

Nos cartables sur le dos nous gênaient. Nous les fîmes passer sous le bras et partîmes au pas de course.

À ce carrefour, il y avait une petite papeterie. Pour

entrer dans la boutique, il fallait descendre quelques marches. On y trouvait de l'encre, des blocs à dessin, du papier de couleur, mais aussi toutes sortes de friandises, telles que des barres de chocolat ou des sucettes. Le propriétaire était un vieil homme de petite taille, à la barbe pointue, chez qui nous achetions nos cahiers. Il était d'une grande gentillesse. Il lui arrivait de nous faire une réduction sur nos achats et de nous offrir en plus des cachous.

Pourtant, nous nous moquions souvent de lui et de sa voix chevrotante. Que de fois n'étions-nous pas entrés dans sa boutique en poussant des : bêê... bêê. Mais il ne le prenait jamais mal. Nous nous demandions d'ailleurs s'il ne faisait pas exprès d'exagérer son chevrotement rien que pour nous faire rire.

Les gens que nous avions vus courir s'étaient justement arrêtés devant la papeterie. Ils étaient si agglutinés qu'il était impossible de savoir ce qui se passait. Certains riaient ou lançaient des moqueries ; d'autres, au contraire, avaient le visage soucieux.

Pour mieux voir, nous nous glissâmes jusqu'au premier rang. À vrai dire, personne ne nous barra la route. Une jeune femme me propulsa même tout à fait devant.

Juste au-dessous de l'enseigne où était écrit : *PAPETERIE ABRAHAM ROSENTHAL*, un homme était campé, jambes écartées, devant l'entrée de la boutique pour en barrer l'accès. Il portait une culotte de cheval grise, des bandes molletières enroulées n'importe comment et, sur la manche gauche de sa chemise kaki, un brassard arborait la croix gammée. Dans sa main droite, il tenait un simple manche à balai, surmonté d'une pancarte en carton. Et sur le carton, on pouvait lire, tracé maladroitement :

N'achetez pas chez les Juifs !

C'est alors qu'une femme d'un certain âge, un sac à provisions tout rapiécé au bras, vint se coller près de la pancarte. De la poche de son manteau, elle sortit une paire de lunettes, à laquelle il manquait une branche, l'ajusta contre ses yeux de myope et essaya de lire. Le regard braqué sur les badauds, l'homme à la pancarte fit mine d'ignorer sa présence.

La vieille dame venait de remettre ses lunettes dans sa poche et, à pas menus, cherchait vainement à contourner l'individu d'un côté, puis de l'autre. Elle finit par se planter devant lui et, d'une voix fluette, lui demanda :

— S'il vous plaît, je voudrais passer.

Sans broncher ni daigner la regarder, celui-ci déclama sur le ton d'un récitant :

— N'achetez pas chez les Juifs !

— Et si j'ai envie, moi, d'acheter chez eux ! répliqua la femme.

Comme il ne se déplaçait toujours pas, elle se faufila entre lui et le mur et disparut dans l'entresol. Des gens, dans la foule, ricanèrent. On entendit même des rires fuser dans les derniers rangs.

L'homme à la pancarte resta apparemment impassible ; mais sa main gauche, dont le pouce était passé sous la boucle de son baudrier, se referma.

Quelques instants plus tard, la vieille dame réapparaissait au haut des marches. De son sac sortait un rouleau de papier bleu, de celui qui recouvre les livres de classe. Elle dut, une nouvelle fois, se glisser de côté pour pouvoir se frayer un passage. Une fois devant l'individu, elle lui fit un signe de tête en disant :

— Merci bien, jeune homme !

Elle passa ensuite souriante devant la foule, fit en sorte que tous puissent voir ce qu'elle avait acheté et s'éloigna.

Abraham Rosenthal avait emboîté le pas de la vieille dame, à la sortie de sa boutique, mais s'était arrêté sur une des dernières marches de l'entresol. Le visage fermé, il observait la foule à travers les jambes à molletières. C'est alors qu'il nous aperçut, nous aussi.

Frédéric le salua si ostensiblement que tout le monde put le remarquer. Moi, je me contentai d'un hochement de tête. Inclinant légèrement le buste, le petit bonhomme à la barbiche répondit à notre salut. Dents serrées, l'homme à la banderole, qui n'avait rien perdu de la scène, explosa :

— Vous les gosses, déguerpissez d'ici !

Frédéric le toisa de la tête aux pieds et, sans se démonter, lui répondit :

— Tant que vous êtes là, on a le droit de rester, nous aussi !

Le type avança la mâchoire inférieure ; sa respiration siffla et sa main gauche lâcha la boucle de son baudrier. Il fit un pas vers Frédéric et lui lança, d'un ton menaçant :

— Voilà qu'il deviendrait insolent, ce petit morveux !

Quelques personnes dans la foule s'en allèrent. Les autres reculèrent. Un grand silence s'était soudain abattu ; plus personne ne riait ni ne parlait. Frédéric et moi restions seuls au premier plan. L'homme avait le souffle court. Sa pancarte s'était mise à trembler.

Je vis alors une main se poser sur l'épaule de Frédéric. Sitôt après, je sentis une autre main se poser sur la mienne. Je me retournai. C'était le père de Frédéric. Il nous dit :

— Allez, venez !

Et nous rentrâmes avec lui à la maison.

7

L'anneau de cuir

Je dévalai les escaliers et, arrivé dans le hall d'entrée, je sonnai au porche chez les Schneider. Trois coups brefs, un long : c'était notre signal. Puis je traversai tranquillement le jardin en passant devant le nain Polycarpe, gagnai la rue et marchai jusqu'au premier carrefour.

Quelques minutes plus tard, Frédéric me rejoignit.

— Merci ! dit-il, encore tout essoufflé. C'est gentil de m'avoir fait signe.

Nous partîmes calmement en direction du jardin public. Étant en avance, nous n'avions aucune raison de nous presser.

— Que je suis content ! s'exclama à un moment Frédéric. Mais surtout, tu ne dis rien à Papa. Il n'aime pas que j'aille là-bas. Tu sais, je vous ai vus défiler dans la rue en chantant avec votre étendard. C'est vraiment beau. J'aimerais tellement être des vôtres !

Malheureusement, Papa ne veut pas en entendre parler. Si je patiente un peu, peut-être qu'il changera d'avis.

Nous avancions dans le parc. Par-delà les arbres, on pouvait apercevoir les toits de tuiles de l'ancienne forteresse.

— Qu'est-ce que vous allez faire aujourd'hui ? demanda Frédéric. Encore des activités de plein air ?

— Non, lui expliquai-je. Le mercredi soir, nous avons réunion au local. C'est aussi la seule fois où on peut présenter des nouveaux. Par contre, je te conseille de ne pas dire tout de suite que toi et ta famille, vous êtes juifs. Ça vaut peut-être mieux.

Frédéric avait passé le bras sur mes épaules et répétait sans cesse : « Que je suis content ! »

— Tu vas voir, notre *Fähnleinführer* est un type formidable, lui dis-je. Ça fait déjà un bon moment qu'il a adhéré au mouvement. Au local, tu remarqueras son foulard accroché au mur, avec au milieu une déchirure. C'est le foulard qu'il portait le jour où il a été agressé au couteau par un communiste. Heureusement, la lame n'a transpercé que le foulard. Lui, il n'a pas eu la moindre égratignure.

Subitement, Frédéric se mit à fouiller dans sa poche de pantalon et en sortit un morceau d'étoffe noire triangularaire.

— Pour un peu, je l'aurais oublié ! dit Frédéric.
Il ajouta en riant :
— Je l'ai pris dans la boîte à pharmacie de Maman.
On fit une halte au banc suivant et je montrai à Frédéric comment rouler un foulard de façon réglementaire. Puis je le lui passai sous le col de sa chemise

blanche, de manière à n'en laisser paraître que la pointe. Je m'apprêtais à le nouer quand Frédéric se rappela qu'il avait encore autre chose dans sa poche. Les yeux luisants de fierté, il me montra un anneau de cuir, de couleur brune, gravé d'une croix gammée. Même notre chef n'en possédait pas un pareil.

Frédéric glissa lui-même les extrémités du foulard dans l'anneau de cuir qu'il fit ensuite remonter jusqu'au cou. Devinant mon envie, il redoubla de fierté. Bombant le torse, il mit son pas dans le mien et nous marchâmes en cadence jusqu'au lieu de rassemblement, à l'intérieur de la forteresse.

Les premiers arrivés faisaient les fous dans la cour sans se soucier de nous. La plupart étaient en culotte courte et leurs chemises avaient toutes les variantes possibles : à rayures, à carreaux... Très peu portaient la véritable chemise brune. En fait, personne n'était vêtu de façon réglementaire. Notre seul point commun était le foulard noir triangulaire, pointant sous le col de la chemise.

Le visage rayonnant, Frédéric s'adossa au mur, à côté de moi.

— Que je suis content d'être ici ! dit-il pour la énième fois, en posant la main sur l'anneau de cuir.

Mon *Jungzugführer* finit par arriver. Il pouvait avoir une quinzaine d'années. Il portait la vraie tenue réglementaire, celle dont nous rêvions tous. Je lui annonçai que j'avais amené un nouveau.

— C'est bien ! me dit-il. Mais je n'ai pas le temps de m'occuper de lui pour l'instant. Je verrai ça plus tard.

Aussitôt, il commanda à tout le monde de se mettre en colonnes. Tirant Frédéric par la manche, je l'entraînai au dernier rang, à côté de moi. Dès que nous fûmes prêts, un nouvel ordre lancé cette fois par le *Fähnleinführer* fusa :

— Demi-tour, droite ! On entre, un par un !

Arrivé au pied de l'étroit escalier en colimaçon, Frédéric provoqua une véritable bousculade, ne sachant pas comment s'insérer pour ne pas perdre sa place. Ça lui valut quelques bourrades dans les côtes, mais il réussit quand même à ne pas s'éloigner de moi.

Notre local était un vaste espace sans fenêtre à l'intérieur de la forteresse, éclairé par une unique ampoule de forte puissance qui pendait du plafond. Dès l'entrée, le regard tombait sur un portrait de Hitler, accroché au mur d'en face et, juste au-dessous, on pouvait admirer le fameux foulard largement déployé de notre *Fähnleinführer*. Tant de doigts avaient touché avec vénération la déchirure légendaire qu'ils l'avaient transformée en un trou de la largeur d'une tête.

Sur le mur de droite, deux hampes s'entrecroisaient, surmontées d'étendards fixés par des clous. Au centre des étendards de couleur noire se détachait, en lettres brodées en blanc, le signe de la victoire[1].

Sur le mur attenant à la porte, un autre *Jungzugführer* avait exercé ses talents en peignant à la gouache

---

1. Le signe de la victoire correspond à la lettre *s* de l'alphabet runique et a la forme d'un éclair. Il était le symbole du *Deutsches Jungvolk* (soit : Le Jeune Peuple allemand). Les S.S. l'adoptèrent en doublant la lettre.

des slogans : *Mieux vaut être que paraître !* et *Si tu veux vivre, bats-toi !*

Au moment de s'asseoir à côté de moi sur le banc de bois, Frédéric me chuchota :

— Que je suis content ! Moi aussi, je vais bientôt être un Pimpf[1] !

À peine étions-nous installés que notre *Jungzugführer* lança d'une voix puissante :

— Debout !

D'un bond, nous nous levâmes tous et nous mîmes au garde-à-vous, le visage tourné vers le portrait de Hitler. Notre chef fit alors signe au *Fähnleinführer* d'approcher. Arrivant au pas cadencé, celui-ci vint se mettre sous le portrait de Hitler, leva la main droite et cria :

— Sieg Heil[2], les mômes !

Nous répondîmes en chœur :

— Sieg Heil, *Fähnleinführer* !

Frédéric mit dans son cri un tel enthousiasme que sa voix s'étrangla.

Le « assis ! » qui suivit provoqua un véritable tohu-bohu. Mais il fut rapidement interrompu par un « silence ! », lancé par le *Fähnleinführer*, lequel enchaîna aussitôt :

— Pour la réunion de ce soir, j'ai demandé à quelqu'un de venir. C'est un envoyé spécial du district. Il a des choses très importantes à vous dire.

---

1. Le Pimpf, signifiant gamin ou môme, fut le terme attribué aux jeunes adhérents du *Deutsches Jungvolk*.
2. Cette expression, qui littéralement signifie : « Vive la victoire ! », faisait partie du vocabulaire hitlérien.

Jusqu'à présent, je n'avais pas remarqué le bossu, dont le visage était masqué par la visière de sa casquette. En raison de sa petite taille, il se confondait avec nous. Il était vêtu de brun, de la tête aux pieds. Même ses bottes étaient brunes.

Le petit bonhomme se plaça face à nous. Pour lui permettre de voir tout le monde, un *Jungzugführer* lui approcha une caisse vide, et il grimpa dessus. Puis il prit la parole :

— Pimpfen du Führer[1], dit-il d'une voix perçante, j'ai pour mission aujourd'hui de vous parler des Juifs. Vous connaissez tous des Juifs. Pourtant, vous ignorez beaucoup de choses sur eux. Mais dans une heure, il en sera autrement. Dans une heure, vous saurez quel danger ils représentent pour nous et pour notre peuple.

Frédéric, à côté de moi, s'était légèrement penché en avant, le regard fixé sur l'orateur. Bouche entrouverte, il s'imprégnait de chacun de ses mots. Le bossu sembla le sentir et, au bout d'un moment, on aurait pu croire que son discours ne s'adressait plus qu'à Frédéric.

Les paroles du petit homme nous touchaient tous au plus haut point. Il avait l'art de trouver les formules et les images pour nous convaincre. Il racontait :

— ... Muni d'un grand couteau aussi long que mon bras, le prêtre des Juifs s'avance vers la pauvre vache. D'un geste lent, il lève l'arme du sacrifice. La bête sent le danger de mort qui la menace ; elle meugle, essaie de se libérer de ses entraves. Mais le Juif est

---

1. Titre que se donna Hitler et qui signifie : « le guide », « celui qui conduit ».

sans pitié. La lame s'abat sur elle à la vitesse de l'éclair et lui tranche la gorge. Le sang gicle, aspergeant tout alentour. La bête se débat, les yeux chavirés d'effroi. Mais le Juif demeure, comme toujours, insensible ; il ne cherche pas à abréger les souffrances de l'animal ; il s'en repaît ; il lui faut du sang ! Il est là qui regarde, sans la moindre compassion, la vache se vider de sa substance, agoniser, puis mourir lamentablement Voyez ce qu'on appelle un « sacrifice » ! Voyez ce que réclame le dieu des Juifs !

Frédéric s'était tellement penché que je vis le moment où il allait basculer. Son visage était blême ; il respirait difficilement ; ses mains étaient crispées sur ses genoux.

Le bossu raconta encore des histoires de guerres, d'enfants chrétiens assassinés, de meurtres perpétrés par des Juifs. J'en avais des frissons dans le dos. Il finit par conclure :

— Il y a une phrase, une seule phrase, que je veux vous faire entrer dans le crâne ; je la martèlerai, je la serinerai jusqu'à satiété : « Notre malheur, ce sont les Juifs ! » Encore une fois : « Notre malheur, ce sont les Juifs ! » Et encore une fois : « *Notre malheur, ce sont les Juifs !* »

Juché sur sa caisse, le représentant spécial du district s'était tu. Il ruisselait de sueur ; il était épuisé. Un grand silence régna dans la salle. C'est alors que le bossu interpella Frédéric.

— Toi ! dit-il, quelle est la phrase ?
Frédéric ne broncha pas.
Le ton de l'orateur se fit plus insistant.
— Allons ! Quelle est la phrase ?

Toujours penché en avant, Frédéric restait comme statufié à côté de moi.

— Vas-tu me dire quelle est la phrase ! vociféra le petit bonhomme au bord de l'étranglement.

Dans sa fureur, il sauta de sa caisse et se dirigea vers Frédéric, en le pointant du doigt. Arrivé devant lui, il saisit d'une main les extrémités de son foulard et de l'autre, commença à remonter lentement vers son cou l'anneau de cuir.

— Quelle est la phrase ? lui siffla-t-il entre ses dents.

Frédéric marmonna :

— Notre malheur, ce sont les Juifs.

Le bossu arracha Frédéric de son siège et lui aboya au visage :

— D'abord, lève-toi, quand je te parle ! Et fais-moi le plaisir de parler fort.

Frédéric se redressa, plus livide que jamais et, à haute et intelligible voix, il clama :

— VOTRE malheur... ce sont les Juifs !

Un silence de mort s'abattit. Frédéric tourna lentement les talons et quitta le local. Personne ne l'en empêcha. Et son anneau de cuir, son anneau tout neuf, resta dans la main du bossu.

Moi, je n'ai pas osé bouger.

8

La balle

Nous venions de faire la course dans la rue et nous nous étions arrêtés non loin de chez nous pour souffler. Frédéric était adossé au mur d'une maison ; moi, je me tenais sur le bord du trottoir.

Je sortis de ma poche la petite balle en caoutchouc dont on m'avait fait cadeau dans un magasin de chaussures et la lançai. Elle rebondit au milieu du trottoir et vola vers Frédéric. Il la rattrapa au vol et s'amusa à me la renvoyer.

Au bout d'un moment, il me dit :

— Mon père rentre tôt aujourd'hui. Je ne vais pas pouvoir jouer longtemps. On doit faire des courses ensemble. Qui sait ? Peut-être que quelqu'un m'offrira aussi une balle !

J'approuvai, tout en sautant à pieds joints sur une plaque d'égout. Comme un passant venait vers nous, j'interrompis le jeu un instant. Dès que la personne s'éloigna, je renvoyai la balle à Frédéric.

Dans un instant d'inattention, il n'eut pas le réflexe de la rattraper. Il y eut d'un coup un bruit de verre volant en éclats et la balle revint vers moi. Frédéric regarda, bouche bée, les bris de verre de la vitrine d'une mercerie.

Moi, je n'avais pas encore réalisé ce qui s'était passé. J'étais en train de me pencher pour ramasser la balle, quand je vis la propriétaire de la boutique sortir comme une furie dans la rue et commencer à vociférer.

Alertés par les cris, des voisins se précipitèrent aux fenêtres ou sur le pas de leur porte. Des curieux s'attroupèrent.

La femme hurlait :

— Bandit ! Vaurien !

La pipe à la bouche et les mains dans les poches, son mari se tenait impassible devant la boutique.

— Ce petit bouseux de Juif, hurlait la femme à qui voulait l'entendre, il me casse ma vitrine pour mieux me dévaliser !

Sa main s'abattit sur Frédéric. Le secouant comme un prunier, elle lui cria aux oreilles :

— Ha ha ! Tu as encore raté ton coup. Mais je te connais bien, tu sais. D'ailleurs je t'ai toujours eu à l'œil. Cette fois, tu ne m'échapperas pas ! Ces Juifs, ils sont tous pareils. Rien que des fripouilles. On devrait tous les exterminer. Ils commencent par mettre en faillite nos petits commerces avec leurs grands magasins. Mais ça ne leur suffit pas. Faut en plus qu'ils nous volent ! Attendez un peu. Vous allez voir ce que va faire Hitler !

Ce fut plus fort que moi. J'explosai :

— Ce n'est pas lui qui a lancé la balle, madame ! C'est moi ! En plus, on n'a jamais eu l'intention de voler !

La femme s'arrêta net, voulut ajouter quelque chose, mais resta sans voix. Pendant ce temps, son mari balayait les éclats de verre dans la rue. Il retirait de la vitrine les bobines de fil, petites ou grandes, les cartes de fil blanc ou noir en forme d'étoile, les écheveaux multicolores de coton à broder et les rentrait dans la boutique.

Revenue de sa surprise, la femme fronça subitement les sourcils et me jeta à la figure :

— Mais toi, de quoi tu te mêles ? D'ailleurs, qu'est-ce que tu fais ici ? Fiche le camp ! Tu te crois peut-être obligé de prendre la défense de ce chenapan de Juif sous prétexte que vous habitez dans la même maison ? Allez, file, que je ne te voie plus !

Je tentai une nouvelle fois de protester.

— Puisque je vous dis que c'est moi qui ai lancé la balle !

Sans lâcher Frédéric, la femme me montra une main menaçante et fit mine de vouloir me frapper. Frédéric était en larmes. À force de les essuyer, il s'en était barbouillé tout le visage. Moi, j'étais redevenu muet.

Quelqu'un avait appelé la police. Un agent, en sueur et hors d'haleine, arriva sur son vélo et interrogea aussitôt la femme.

— Racontez-moi ! Qu'est-ce qui s'est passé ?

La mercière, avec un aplomb incroyable, donna sa version des faits en insistant sur la tentative de vol. Outré par tant d'hypocrisie, je tirai sur la manche du policier pour attirer son attention.

— Monsieur l'agent, mon ami n'y est pour rien ! C'est moi, et moi seul, qui ai brisé la vitrine avec ma balle.

Me foudroyant du regard, la femme hurla au policier :

— Ne le croyez pas, monsieur l'agent ! Ne le croyez surtout pas ! Il veut prendre la défense de ce sale petit Juif. Il se croit son ami uniquement parce qu'ils habitent la même maison.

Le policier se pencha vers moi.

— Il y a des choses que tu ne peux pas comprendre, mon petit. Tu es encore trop jeune. Tu penses faire preuve d'amitié en prenant le parti de ce garçon. Tu sais bien que c'est un Juif. Crois-moi. Nous, les grandes personnes, nous connaissons bien les Juifs. On ne peut pas leur faire confiance ; ce sont des fourbes et des menteurs. Et cette dame est bien placée pour dire ce qu'elle a vu...

Je l'interrompis brusquement.

— C'est faux ! Elle n'a rien vu. Il n'y avait personne d'autre que moi dans la rue quand ça s'est passé. C'est moi le responsable !

L'agent de police fronça les sourcils.

— Tu ne vas quand même pas traiter cette dame de menteuse !

Je voulus encore parlementer, mais il me somma de me taire. Puis il saisit Frédéric par le poignet et prit le chemin de notre maison. La femme et la horde de curieux lui emboîtèrent le pas. Moi, je fermai la marche.

À mi-chemin, nous rencontrâmes M. Schneider.

Dès que Frédéric l'aperçut, il lui cria d'une voix étranglée par les sanglots :

— Papa ! Papa !

À la vue du cortège, M. Schneider eut un mouvement de surprise. Il vint vers nous, salua poliment et dévisagea chacun de nous avec un étonnement grandissant.

— C'est votre fils ? demanda le policier.

Mais la mercière ne lui laissa pas le temps de poursuivre et, dans un flot de paroles, déversa sa version des faits, omettant seulement sa diatribe contre les Juifs. Après avoir écouté patiemment, M. Schneider souleva le menton de son fils et le regarda droit dans les yeux.

— Frédéric, demanda-t-il d'un ton grave, as-tu fait exprès de briser la vitrine ?

Entre deux sanglots, Frédéric secoua la tête. Je m'empressai de dire :

— C'est moi, monsieur Schneider ! C'est moi qui ai jeté ma balle dans la vitrine. Mais je vous jure que je ne l'ai pas fait exprès.

Et je lui montrai la petite balle en caoutchouc. Frédéric approuva de la tête. M. Schneider respira profondément. Puis, s'adressant à la femme, il lui dit :

— Madame, si vous pouvez répéter sous la foi du serment le récit que vous venez de me faire, alors déposez une plainte. Vous savez qui je suis, vous connaissez mon adresse.

La mercière resta muette. M. Schneider sortit alors nerveusement son portefeuille et dit d'un ton sec :

— Et maintenant, monsieur l'agent, je vous prie de relâcher mon fils ; je rembourse tout de suite les dégâts.

9

Conversation dans les escaliers

M. Schneider descendait les escaliers avec Frédéric. S'aidant de la rampe, M. Resch les remontait péniblement. Arrivé sur notre palier, il s'était arrêté pour reprendre son souffle. C'est là que les deux hommes se rencontrèrent.

M. Schneider salua poliment et s'apprêtait à poursuivre sa descente. Sans lui rendre son salut, M. Resch lui barra le passage. Il respirait fort, son visage était congestionné. Il réussit à dire :

— Je venais justement m'entretenir avec vous.

— Je vous en prie ! lui répondit M. Schneider en s'inclinant légèrement.

Sortant de sa poche la clef de son appartement, il ajouta.

— Allons plutôt chez moi ! On sera mieux qu'ici pour bavarder.

Et d'un geste de la main, il invita M. Resch à monter le premier.

— Inutile d'aller chez vous, répliqua sèchement M. Resch. L'important est que je vous ai trouvé. Et ce que j'ai à vous dire peut très bien se faire ici.

Interloqué, M. Schneider dut s'éclaircir la voix avant de répondre :

— Comme il vous plaira, monsieur Resch !

Après avoir marqué une pause, M. Resch avança d'un pas traînant vers notre porte et appuya sur la sonnette. Papa ouvrit. Me tenant derrière lui, je glissai un œil sur le palier.

M. Resch s'adressa à Papa sans préambule.

— Faites-moi le plaisir, monsieur, d'écouter ce que j'ai à faire savoir à M. Schneider. J'ai besoin de vous comme témoin.

Papa, l'air surpris, s'immobilisa sur le pas de la porte. Son regard naviguait de M. Resch à M. Schneider. Quand il croisa celui de M. Schneider, celui-ci eut un haussement d'épaules. Frédéric, mal à l'aise, s'agrippait à la rampe d'escalier.

M. Resch inspira profondément, fut secoué par une quinte de toux, retrouva sa respiration, et asséna :

— Monsieur Schneider, je vous signifie votre congé le 1er du mois prochain !

Il s'ensuivit un long silence, seulement troublé par les râles et sifflements dans sa poitrine. Mon père et M. Schneider échangèrent un regard. M. Resch, lui, baissa les yeux au sol et Frédéric fixa l'éclairage de la cage d'escalier. Moi, je me demandai ce qui se passait.

— Que dites-vous ? reprit M. Schneider, comme s'il n'était pas sûr d'avoir bien entendu.

— Je vous le répète. Vous quittez les lieux à la fin du mois !

Esquissant un sourire, M. Schneider répondit sur le ton de la plaisanterie :

— Vous ne parlez pas sérieusement, monsieur Resch !

Pour la première fois, Papa se permit d'intervenir dans la conversation.

— C'est impossible, monsieur Resch ! protesta-t-il. M. Schneider jouit du droit de protection des locataires.

M. Resch décocha à mon père un regard furibond.

— Je n'ai pas fait appel à vous pour prendre la défense de ce monsieur ! dit-il tout net. Vous êtes ici comme témoin, un point c'est tout !

Piqué au vif, Papa dut ravaler sa salive avant de répliquer vertement :

— Je ne vois pas de quel droit vous m'empêcheriez de parler, monsieur Resch ! Et puis, ne comptez pas sur moi pour jouer le rôle de témoin !

Sur ces mots, il m'entraîna à l'intérieur de notre appartement et claqua la porte. Cependant, nous restâmes derrière, prêtant l'oreille à ce qui allait suivre.

M. Schneider était revenu à la charge, le plus poliment qui soit.

— Monsieur Resch, vous n'avez vraiment pas le droit de me mettre à la rue sans préavis !

— Eh bien, c'est ce qu'on verra ! tonitrua M. Resch d'une voix entrecoupée par la toux.

M. Schneider se fit plus insistant.

— Puis-je vous demander monsieur Resch, pour quelles raisons vous me donnez congé ?

— Parce que vous êtes juif !
Sur ce hurlement, qui retentit dans toute la maison, M. Resch tourna les talons et commença sa descente de pachyderme.

10

Monsieur Schneider

Nous étions assis sur le bord du trottoir devant notre maison. Frédéric m'expliquait un devoir de calcul. J'avais été distrait en classe et je ne prêtais pas davantage attention à ce qu'il me disait. Je m'amusais avec une pierre trouvée sur les pavés, en la faisant rouler entre mes chaussures.

Frédéric mettait une telle passion dans ses explications qu'il ne remarqua pas ma distraction. Il redescendit sur terre au moment où je donnai un coup de pied dans la pierre. Il la regarda s'envoler.

— Pardon ! dis-je.

Mais Frédéric sembla ne pas entendre mes excuses. Portant la main en visière devant ses yeux, son regard resta en suspens dans la direction empruntée par mon projectile.

Il n'y avait rien à voir. La rue était déserte. Pourtant, encore assez loin, on devinait la silhouette d'un homme qui venait lentement vers nous.

— Tu crois que c'est mon père ? me murmura Frédéric.

Je scrutais à mon tour le bout de la rue.

— Non ! lui dis-je. Ton père marche plus vite. Et puis, c'est encore trop tôt ; ce n'est pas son heure.

Frédéric se tut. Mais son regard continuait de suivre chaque mouvement de l'inconnu.

L'homme portait à la main une sacoche. Tête penchée en avant, le visage dissimulé sous son chapeau, il avançait d'un air las. Parfois, sa démarche se faisait hésitante. À un moment donné, il obliqua vers la grille d'un jardin. Juste avant d'y arriver, il chancela, puis revint au milieu de la rue.

— Cet homme est complètement ivre ! fis-je remarquer.

— Mais... c'est mon père ! s'exclama subitement Frédéric, en se levant d'un bond et en se précipitant au-devant de l'homme.

Je restai assis, persuadé que Frédéric se trompait.

Arrivé à la hauteur de l'étrange personnage, Frédéric s'arrêta net. L'homme ne leva même pas les yeux sur lui. Je vis alors Frédéric lui passer la main sous le bras et guider ses pas. Quand ils ne furent plus qu'à quelques mètres de moi, je le reconnus moi aussi : c'était bien M. Schneider !

Frédéric aida son père à gagner le trottoir en s'efforçant de le dissimuler à ma vue et, quand il passa près de moi, il me tourna le dos.

M. Schneider était d'un naturel très courtois. Jamais il n'aurait oublié de saluer. Cette fois, il garda les yeux baissés. Son visage ruisselait de larmes qu'il ne cherchait même pas à sécher. Elles dégoulinaient sur sa veste, la maculant de taches sombres. M. Schneider pleurait en silence. Pourtant, je l'entendis pleurer.

Pour la première fois de ma vie, je voyais un homme s'abandonner à son chagrin !

Frédéric et son père traversèrent le jardin et disparurent dans la maison.

Resté seul dans la rue, j'attendis qu'ils soient arrivés chez eux pour rentrer à mon tour et courir tout raconter à Maman.

— M. Schneider a dû avoir de gros ennuis, me dit Maman. Le mieux est de nous montrer discrets et de ne pas chercher à l'importuner.

Je m'étais assis dans la cuisine et essayais de lire, mais mes pensées me ramenaient sans cesse à M. Schneider.

En fin de soirée, Mme Schneider descendit nous voir. Elle était d'une extrême pâleur, ses cheveux étaient en désordre. Maman ayant dû retourner à ses fourneaux, elle la suivit. Mais son regard errait, hagard et rempli d'inquiétude.

— Qu'est-il arrivé à votre mari ? lui demanda Maman avec douceur, sans oser porter les yeux sur elle. Des ennuis ?

Mme Schneider fit un petit signe de tête. Puis, d'un coup, elle s'écroula sur une chaise, jeta les bras sur la table, y enfouit son visage et éclata en sanglots. Elle tremblait de tout son corps. Quand elle parlait, c'est à peine si on pouvait la comprendre. En fait, elle ne cessait de balbutier : « J'ai peur ! Mon Dieu, que j'ai peur ! »

Maman avait tout d'abord sursauté quand Mme Schneider avait donné libre cours à son désespoir. Puis, sans le moindre mot, elle était allée prendre dans le placard la précieuse boîte de café, remisée dans un coin et réservée pour les grandes occasions. Après avoir moulu les grains, elle préleva six pleines cuillerées de poudre et les versa dans la petite cafetière, qui ne contenait que la valeur de trois tasses.

Les bras allongés sur la table, Mme Schneider pleurait, gémissait, sanglotait sans fin. Sur la nappe en toile cirée, de petites flaques de larmes se formaient.

Tandis que le café passait, Maman alla chercher une bouteille d'eau-de-vie que mon père gardait en prévision de maladies graves. Quand elle eut versé le café dans les tasses, elle y ajouta une bonne dose de cette eau-de-vie.

Mme Schneider restait étrangère à tous ces préparatifs. Ses accès de larmes faisaient vibrer la table et les propos décousus qu'elle tenait étaient incompréhensibles. Ayant approché une chaise, Maman s'assit à côté d'elle, lui leva la tête et lui essuya le visage. Puis, comme à une enfant, elle lui fit boire par petites gorgées le café brûlant à l'eau-de-vie.

Mme Schneider mit beaucoup de temps à se reprendre. Maman avait humecté un linge. Elle le passa sur ses paupières endolories.

— Excusez-moi ! murmura-t-elle. Mais je suis à bout.

Maman lui caressa les cheveux et essaya de la sortir de sa torpeur.

— Je vous en prie, madame Schneider, dites quelque chose ! Parlez ! Ça vous soulagera.

Mme Schneider approuva d'un signe de tête. Mais, de nouveau, ses yeux se remplirent de larmes. Prenant sur elle, elle étrangla un sanglot et expliqua d'une voix morne :

— Mon mari a été licencié !

Maman la scruta, interloquée.

Mme Schneider évita son regard et fixa désespérément un torchon de cuisine.

— Que me dites-vous là ? s'enquit Maman. Votre mari est pourtant bien fonctionnaire ?

Mme Schneider acquiesça.

— Je croyais que les fonctionnaires ne pouvaient pas être licenciés ! reprit Maman.

Mme Schneider garda le silence.

— A-t-il... ? Je veux dire, a-t-il fait quelque chose de mal ? poursuivit Maman.

Mme Schneider secoua la tête et faillit s'effondrer une nouvelle fois.

— On l'a mis à la retraite d'office, réussit-elle à formuler. À trente-deux ans !

— Mais pour quelle raison ? s'étonna Maman.

Mme Schneider redressa la tête et son regard rougi par les larmes s'attarda longuement sur elle. Après un silence qui parut interminable, s'appliquant à détacher chaque syllabe, elle répondit :

— Nous sommes juifs !

11

Le procès

Le président du tribunal saisit un nouveau dossier et cria dans la salle d'audience : « Resch contre Schneider ! » Après quoi, il se plongea dans les papiers qu'il avait maintenant devant lui.

Un avocat en robe ample ouvrit la porte à battant de l'espace réservé aux plaignants et convia du regard M. Schneider à venir à la barre. Celui-ci était assis parmi l'auditoire. Il s'approcha et attendit. Il semblait calme, mais ses doigts en perpétuel mouvement trahissaient son agitation. L'avocat, lequel était celui de M. Resch, vint se placer en face de lui.

Le président leva alors les yeux de ses papiers et dicta à mi-voix au greffier ce qu'il devait écrire. Quand ce fut chose faite, il s'adressa à l'avocat.

— Maître, lui dit-il, je ne vois pas très bien l'objet de la plainte déposée dans cette affaire. Vous demandez la libération de l'appartement occupé par le prévenu, en raison d'une offense faite au plaignant ; mais vous n'indiquez pas en quoi a consisté, ou en quoi consiste cette offense.

L'avocat s'inclina poliment, ramena de ses deux mains l'étoffe de sa robe au-dessus de sa poitrine. Puis, renversant le buste en arrière, il se mit à parler.

— Monsieur le président, pour ce qui concerne notre plainte, il s'agit d'un cas tout à fait particulier, quand bien même la situation juridique est sans équivoque. Le plaignant revendique un droit qui, aujourd'hui, devrait être accordé à tous les Allemands. Lui et moi sommes tout à fait conscients de fouler une terre vierge en matière de droit. Mais déjà dans le droit romain...

Le président eut une petite quinte de toux, stoppant l'avocat dans son élan oratoire. Puis, sans lui laisser le temps de poursuivre, il prit la parole.

— Un instant, je vous prie, maître. D'après le Code de procédure civile, nous sommes tenus de régler le litige aussi vite que possible. Si vous allez chercher aussi loin, j'ai bien peur qu'il ne nous faille plusieurs jours de délibérations. C'est pourquoi, je vous serais reconnaissant d'aller tout de suite à l'essentiel.

Comme quelqu'un pris en faute, l'avocat piqua du menton sur sa poitrine. Mais sitôt après, il bomba de nouveau le torse, bascula la tête en arrière, refit des effets de robe, puis revint à sa plaidoirie.

J'observais dans un état de grande tension les intervenants. C'était la première fois que j'assistais à une audience. Maman, aussi tendue que moi, me pressait fortement la main. Elle non plus n'avait encore jamais mis les pieds dans une salle de tribunal. M. Schneider nous avait demandé de venir : « Au cas où », avait-il dit.

Mme Schneider, à côté de nous, se tenait recroquevillée sur sa chaise, le corps parcouru de spasmes nerveux. Elle était si nouée qu'elle avait en plus le hoquet. Frédéric, blotti contre elle, portait des regards effarouchés qui naviguaient sans cesse entre son père, le président du tribunal et l'avocat.

— Mon client, autrement dit le plaignant, expliquait l'avocat, est depuis un an membre du parti national-socialiste des travailleurs allemands de notre très vénéré chancelier, Adolf Hitler.

À ces derniers mots, il se figea sur place et claqua des talons. Sitôt après, il reprit sa pose emphatique et poursuivit :

— Je disais donc. Mon plaignant est intimement persuadé du bien-fondé de ce parti et de l'insigne justesse de sa doctrine.

Reculant d'un pas et relâchant l'étoffe de sa robe, il brandit vers le plafond de la salle d'audience un index prophétique qui frétillait en l'air, telle la queue d'un chien, puis reprit :

— Monsieur le président, l'un des constituants fondamentaux de la pensée nationale-socialiste, c'est la mise à l'écart des Juifs !

À la manière d'un duelliste, il fit cette fois un pas en avant, pointa M. Schneider du doigt et, élevant la voix, il clama :

— Or, monsieur le président, le prévenu est *un Juif* !

Et sur cette déclamation, sa voix resta en suspens. Surpris, le président du tribunal lui jeta un regard, puis le porta sur M. Schneider et enfin sur l'auditoire. Après cette pause sciemment étudiée, l'avocat reprit la parole. Sa voix enfla, encore plus vibrante et enflammée, dans le prétoire. On eût dit qu'elle allait se briser.

— Peut-on exiger de mon client de garder dans sa propre maison un locataire qui, selon les principes mêmes de son parti, est considéré comme un malheur national, un danger sans cesse menaçant ? Mon client ressent la présence d'un Juif dans sa maison comme une véritable atteinte à la loi de Protection des Locataires. Pour cette raison, nous requérons de l'accusé...

Main levée, le président rectifia :

— *Le prévenu*, maître ! Le prévenu.

L'avocat prit un air contrit.

— Bien entendu, monsieur le président. Le prévenu. Veuillez m'excuser !

Le temps d'inspirer profondément, il claironna de plus belle :

— Nous requérons donc du prévenu la libération du logement dont il a la jouissance et la prise en charge des frais de ce procès.

Le président fit un signe au greffier. Puis, s'adressant à M. Schneider :

— Qu'avez-vous à répondre ?

Un remous parcourut un bref instant la salle. Mme Schneider s'agita nerveusement sur son siège. Frédéric, à côté d'elle, se dressa brusquement et resta comme statufié sur place. Derrière nous, des gens se mirent à chuchoter et la main de Maman se contracta un peu plus fort sur la mienne.

Dans le silence retombé sur le prétoire, la voix de M. Schneider s'éleva, claire et assurée.

— Je demande le renvoi de la plainte, dit-il. Le plaignant a toujours su que j'étais juif et jusqu'à il y a peu, il n'a jamais trouvé à y redire.

Le président se pencha légèrement en avant.

— Depuis combien de temps habitez-vous dans la maison du plaignant ?

— Depuis une dizaine d'années, monsieur le président.

S'adressant à l'avocat, le président demanda :

— Ce qu'avance le prévenu est-il exact ?

L'avocat chercha le regard de M. Resch, assis sur le banc des témoins.

— Est-ce exact ? l'interpella-t-il.

M. Resch se leva péniblement ; avec ses bruits de forge dans la poitrine, il fit quelques pas en avant, puis se présenta :

— Hans Resch, monsieur le président. Je suis le plaignant.

Le greffier consigna le nom.

— Qu'avez-vous à dire au sujet de cette affaire ? demanda le président.

M. Resch commença par croiser les mains sur sa poitrine, à la recherche de sa respiration, puis se lança :

— Monsieur le président, je suis un national-socialiste convaincu. Par mon action, je souhaite apporter ma contribution à l'édification du monde conçu par le national-socialisme. Or, le Juif Schneider m'en empêche. En raison de sa présence dans ma maison, mes amis du parti ne me rendront bientôt plus visite. Déjà, ils prennent leurs distances. Mais ils ne sont pas les seuls. Mes relations professionnelles aussi. Monsieur le président, ce Juif, en tant qu'émissaire du monde judaïque, va entraîner la ruine de mes affaires. Tout lecteur du *Stürmer*[1] est parfaitement informé de la grande part de responsabilité des Juifs dans les ravages funestes dont notre vie économique, notre vie économique allemande, est victime...

Le président lui coupa la parole.

— Un instant, je vous prie. Pas de discours politique ! Tenez-vous-en à l'affaire qui nous concerne. Vous n'avez toujours pas répondu à ma question : le prévenu habite-t-il dans votre maison depuis une dizaine d'années, et avez-vous toujours su qu'il était juif ?

M. Resch se rapprocha de l'estrade du président.

— Oui, mais autrefois, les choses étaient un peu différentes. Depuis, les temps ont changé. Je ne peux plus désormais supporter la présence d'un Juif dans ma maison.

Le président hocha la tête.

— Si je comprends bien. Depuis que vous êtes membre du N.S.D.A.P.[2], vous ne supportez plus de Juifs dans votre maison. Pouvez-vous m'assurer que vous n'allez pas prochainement adhérer à un parti anti-catholique ou anti-végétarien ? Si j'accède aujourd'hui à votre requête, qui me dit que je ne vous reverrai pas dans un an ou deux, me demandant alors de me prononcer contre un autre locataire, sous prétexte qu'il est catholique ou qu'il ne mange pas de viande ?

---

1. Le *Stürmer* était un hebdomadaire, très engagé contre les Juifs.
2. Sigle du parti national-socialiste des travailleurs allemands.

M. Resch secoua la tête.

— Mais c'est totalement différent...

En cet instant, l'avocat le saisit par la manche et l'entraîna à l'écart. S'ensuivit un conciliabule à voix basse. M. Resch agitait sans cesse les mains ; son avocat s'efforçait de le calmer.

Pendant ce temps, le regard du président vagabondait par la fenêtre. Les gens, dans l'assistance, devenaient bruyants. Mme Schneider s'épongeait le front avec son mouchoir, tandis que Frédéric lui caressait le bras. Soudain, on vit M. Resch quitter la salle d'audience et son avocat revenir vers le président.

— Mon client m'a chargé de retirer sa plainte, déclara-t-il.

Le président ferma le dossier d'un bruit sec et en prit un nouveau sur la pile, devant lui. Alors que M. Schneider s'inclinait avec déférence, Frédéric éclata en sanglots, et sa mère dut lui mettre la main sur la bouche pour étouffer le bruit. Pourtant, tous les regards convergèrent vers nous et le président s'enquit même de savoir d'où venaient les pleurs.

— C'est mon fils ! répondit M. Schneider, tournant la tête en direction de Frédéric.

— Viens me voir, mon enfant ! dit le président.

M. Schneider alla le chercher et le conduisit sur l'estrade.

— Pourquoi pleures-tu ? lui demanda le président avec bienveillance. Tu n'as aucun souci à te faire. Il ne vous arrivera rien. Je suis là pour veiller à ce que justice se fasse.

— Vous, oui ! dit Frédéric en s'essuyant les yeux.

12

Le grand magasin

Frédéric portait un costume neuf et virevoltait devant moi, telle une ballerine, pour que je l'admire. Même mon costume du dimanche n'était pas aussi beau.

— D'où vient-il ? lui demandai-je.

Frédéric me répondit par un éclat de rire. Puis, me prenant par la main, il m'entraîna au bas de la rue.

— Où m'emmènes-tu ? dis-je, en dégageant ma main de la sienne.

— Suis-moi ! m'ordonna-t-il. J'ai une surprise pour toi. Tu n'en reviendras pas !

Piqué dans ma curiosité, je me contentai d'obéir.

Nous avions traversé le boulevard extérieur, puis emprunté une ruelle étroite et tortueuse, quand nous arrivâmes sur la place du Marché. Frédéric marchait à grands pas devant moi, sans me laisser le temps de regarder les étalages. Arrivés du côté de l'allée couverte, nous bifurquâmes dans la grand-rue.

En passant devant le commissariat, Frédéric décocha un sourire à l'homme en faction et le salua d'un « Heil Hitler ! »

L'homme claqua des talons et lui rendit son salut.

Au moment de franchir l'entrée principale du grand magasin *Herschel Meyer*, un homme de haute taille, manteau bleu, casquette à visière bleue, galons argentés tombant en pampilles de ses épaules, nous ouvrit grand la porte, esquissant d'un geste ample un signe de bienvenue.

Un énorme lustre de cristal reflétait à l'infini ses lumières dans les miroirs qui couvraient les murs du rez-de-chaussée. Les vendeuses derrière leurs comptoirs s'inclinaient respectueusement sur notre passage.

Frédéric ne se laissa pas distraire. Comme quelqu'un qui sait où il va, il fila droit vers l'escalator, monta quatre à quatre les marches en mouvement et me fit signe de le suivre.

Je fus plus qu'hésitant lorsque je mis le pied sur la première marche. Prenant aussitôt appui sur la rampe, je me mis moi aussi à remonter les suivantes. À peine étais-je arrivé au premier niveau que Frédéric empruntait déjà le deuxième escalator. Quand je le rejoignis, il m'attendait sous la pancarte indiquant : SECOND ÉTAGE. DÉPARTEMENT JOUETS.

Me prenant une nouvelle fois par la main, il m'emmena à un endroit d'où l'on pouvait embrasser du regard tout l'étage.

— Alors, qu'est-ce que tu vois ? me demanda-t-il fièrement.

Je regardai autour de moi. Certes, ce n'étaient à perte de vue qu'étalages croulant sous des montagnes de jouets : cubes, chevaux à bascule, tambours, poupées, patins à roulettes, bicyclettes... Au milieu de tant de merveilles se tenaient des vendeuses. Quelques clients déambulaient entre les rayons ou se faisaient servir. Un homme en redingote noire avec un pantalon gris à rayures claires allait d'un endroit à l'autre, conseillant ici une femme, remettant là un jouet en place. Mais quoi encore ? Non, sincèrement, je ne voyais pas.

— Viens ! Je vais t'aider, finit par me dire Frédéric, narquois.

Après m'avoir fait passer devant des voitures de poupée, des cerceaux, des bateaux en fer-blanc, nous arrivâmes à deux pas de l'homme en redingote.

L'homme était de dos. Pourtant, quelque chose en lui m'était familier. Soudain, Frédéric se mit à tousser ostensiblement. L'homme se retourna sans hâte. C'était M. Schneider !

Éclatant de rire, M. Schneider souleva de terre Frédéric par les coudes. Puis, me serrant la main, il me demanda :

— Eh bien, me demanda-t-il, que préfères-tu : le fonctionnaire des Postes Schneider ou le chef de rayon ?

J'eus un temps d'hésitation.

— C'est que je vous trouve tellement chic comme ça !

Nouveaux rires de M. Schneider.

— En tout cas, je me préfère ainsi ! déclara-t-il en se frottant le mains.

Puis il nous saisit, Frédéric et moi, par le cou, et nous guida entre les étalages jusqu'à un gigantesque plateau.

Sur ce plateau, on avait installé un train électrique. Les rails montaient à l'assaut des montagnes, traversaient des vallées. Plusieurs trains pouvaient rouler en même temps et s'arrêter l'un derrière l'autre dans une gare.

M. Schneider nous expliqua le fonctionnement des commandes, puis nous regarda jouer. Frédéric se chargea des trains de marchandises ; moi, des trains rapides et des express. Il faillit d'ailleurs y avoir une collision, évitée de peu grâce à l'intervention de M. Schneider.

Tandis que j'accrochais un wagon, M. Schneider me demanda à brûle-pourpoint :

— Et que devient le Jungvolk ?

Comme j'interrogeais Frédéric du regard, il ajouta :

— Frédéric m'a tout raconté.

Je répondis alors :

— C'est vraiment bien. Bientôt, il va y avoir une grande sortie. J'espère pouvoir la faire. J'ai déjà commencé à économiser. Ça sera sûrement formidable. On doit dormir sous la tente et faire nous-mêmes la cuisine. Dommage que Frédéric ne puisse pas venir avec nous !

Le regard de M. Schneider se perdit loin devant lui, comme s'il avait vu quelque chose. D'un imperceptible hochement de tête, il acquiesça.

— Dommage en effet ! murmura-t-il. Mais cela vaut sûrement mieux.

Frédéric et moi continuions de jouer en silence, tandis que M. Schneider, derrière nous, faisait les cent pas.

Aussi subitement que la première fois, M. Schneider me posa cette autre question :

— Et ton père, que pense-t-il du Jungvolk ?

Je me retournai pour lui répondre :

— Papa ? Il est très content de savoir que ça me plaît. D'ailleurs, il veille à ce que j'y aille régulièrement et à ce que je sois toujours à l'heure. Surtout depuis qu'il est inscrit au parti.

Je vis une lueur d'effroi passer dans le regard de M. Schneider.

— Quoi ? Maintenant, ton père est lui aussi au parti ?

J'approuvai.

— Oui. Il a pensé que ça ne pourrait que nous être utile.

M. Schneider étouffa un soupir, puis se détourna de nous. Quelques instants plus tard, il appela une vendeuse.

— Mademoiselle Ewert ! Venez, je vous prie.

Une jeune femme accourut.

— Mademoiselle Ewert, ces deux jeunes messieurs, je veux dire, ces deux clients souhaiteraient découvrir notre exposition de jouets. Ayez la gentillesse de leur montrer tout ce qu'ils ont envie de voir et donnez-leur les explications nécessaires. À la fin de la visite, ils auront le droit l'un et l'autre de choisir et d'emporter un jouet pour la somme de 1 mark, mais pas plus. C'est compris ? Je paierai la note. Emmenez-les maintenant, je vous prie, mademoiselle Ewert !

La jeune vendeuse répondit par un sourire.

M. Schneider nous tendit la main.

— Au revoir, les enfants ! Amusez-vous bien.

Il s'éloigna à pas lents. Derrière un étalage, il se retourna une dernière fois pour nous faire un signe de la main. Son visage n'était plus le même. Il était grave.

13

Le maître d'école

1934

La cloche sonnait. Au dernier tintement, notre maître, M. Neudorf, ferma son livre, puis se leva et vint lentement vers nous, l'air songeur. Après s'être éclairci la voix, il nous dit :

— La classe est terminée. Mais... j'aimerais que vous restiez encore un moment ; je voudrais vous raconter une histoire... Évidemment, s'il y en a que ça n'intéresse pas, ils peuvent rentrer chez eux.

Tout le monde se regarda, intrigué. Sitôt après, il y eut un grand brouhaha. Chacun rangea ses affaires et posa son cartable sur sa table, prêt à partir. En fait, personne ne quitta la classe.

Pendant ce temps, M. Neudorf était allé à la fenêtre. Tout en contemplant les arbres de la cour de récréation, il avait sorti sa pipe de la poche de sa veste, l'avait bourrée et tirait avec délice quelques bouffées qui allaient s'écraser contre les vitres. Quand il se retourna, quelques instants plus tard, il balaya la classe du regard. Tous les bancs étaient occupés ! Alors son visage s'éclaira d'un sourire.

Nous avions tous les yeux braqués sur lui et nous attendions, sans dire un mot. Seul nous parvenait du couloir le bruit des autres classes qui se vidaient et, du fond de notre salle, celui d'un élève qui frottait les pieds sur le plancher.

Notre maître s'approcha de la première rangée de tables et s'assit sur l'une d'elles. Il nous dévisagea l'un après l'autre, tout en continuant de tirer sur sa pipe. Il soufflait la fumée au-dessus de nos têtes, laquelle s'envolait en volutes bleues vers la fenêtre. L'attente nous semblait insoutenable. Nous étions impatients d'entendre son histoire. D'une voix calme, il prit enfin la parole.

— Ces derniers temps, vous avez beaucoup entendu parler des Juifs, n'est-ce pas ? Aujourd'hui, j'ai des raisons moi aussi de vous en dire un mot.

Il y eut un acquiescement général et chacun de nous se pencha en avant, prenant appui sur les coudes, pour mieux écouter. Certains avaient même posé le menton sur leur cartable. Le silence était tel qu'on aurait entendu une mouche voler.

M. Neudorf souffla un nuage odorant de fumée en direction du plafond. Après cette courte pause, il commença :

— Il y a plus de deux mille ans, tous les Juifs vivaient dans un pays, appelé aujourd'hui la Palestine ; les Juifs le nomment Israël. Les Romains régnaient alors sur ce pays par l'intermédiaire de leurs gouverneurs et de leurs préfets. Or les Juifs ne voulaient pas se soumettre à cette domination étrangère et, un jour, ils se révoltèrent. Mais les Romains écrasèrent la rébellion, détruisirent le Temple de Jérusalem en l'an 70 et bannirent les insurgés en Espagne ou sur les bords du Rhin.

Une génération plus tard, les Juifs tentèrent un nouveau soulèvement. Cette fois, les Romains anéantirent Jérusalem, comme après un tremblement de terre, et ils chassèrent tous les Juifs de Palestine. Ces derniers cherchèrent refuge dans tous les coins du globe.

Au fil du temps, beaucoup de ces Juifs acquirent richesse et considération. Jusqu'au jour où on leva en Europe des armées pour les Croisades. Il faut savoir que la Palestine était, entre-temps, tombée aux mains des Infidèles – nom donné à ceux qui ne croyaient pas au Dieu des chrétiens. Or les Infidèles interdirent un jour aux pèlerins chrétiens l'accès des Lieux saints de Jérusalem. Des prédicateurs pleins de fougue haranguèrent alors les foules pour aller libérer ces lieux, soulevant d'énormes masses humaines, prêtes à partir.

Pourtant, des hommes et des femmes élevèrent la voix, en déclarant : « À quoi nous sert de marcher contre les Infidèles de la Terre promise tant que d'autres Infidèles vivent ici, parmi nous ! » C'est ainsi que commença la persécution des Juifs en Europe.

Un peu partout, on les pourchassa, les brûla, les assassina. On les contraignit à se faire baptiser ; celui qui refusait le baptême était soumis à la torture. Des Juifs, par centaines, préférèrent se donner la mort pour échapper à tant de cruautés. Ceux qui pouvaient encore fuir fuyaient.

Quand les persécutions prirent fin, des princes désargentés firent jeter en prison, puis exécuter sans jugement leurs sujets juifs pour s'approprier leurs biens. De nouveau, beaucoup de Juifs prirent la fuite, cette fois, vers l'est, cherchant asile en Pologne et en Russie. Mais, au XIXe siècle, ils furent là aussi l'objet de tortures et de persécutions. On les obligea à vivre dans des « ghettos », nom donné aux quartiers juifs. On leur interdit d'embrasser une profession « respectable », d'exercer le métier d'artisan, de posséder une maison ou tout autre bien immobilier. La seule activité autorisée était soit le commerce, soit le prêt sur gage.

M. Neudorf posa sa pipe éteinte dans la rainure du bureau destinée au porte-plume et aux crayons. Il se leva en silence et déambula un moment dans la classe, le regard perdu dans ses pensées. Puis il nettoya ses lunettes, retrouva sa place et poursuivit :

— L'Ancien Testament des chrétiens et le Livre saint des Juifs sont un seul et même ouvrage. Ces derniers l'appellent la *Thora*, ce qui veut dire « loi » ou « doctrine ». Dans la Thora, il est écrit ce que Dieu a ordonné à Moïse. Les Juifs méditèrent longuement sur la Thora, cherchant à comprendre comment interpréter les commandements de Dieu transmis à Moïse. Ces interprétations, ils les transcrivirent dans un très gros ouvrage, le *Talmud*, qui signifie « l'étude » ou « l'enseignement ». Les Juifs les plus orthodoxes se conforment aujourd'hui encore rigoureusement aux préceptes de la Thora. Et ce n'est pas facile ; il leur est par exemple interdit d'allumer un feu, le jour du sabbat, ou de manger de la viande d'animaux impurs, comme celle du cochon. Ou bien encore, il est écrit dans la Thora que leur destinée est « prédéterminée ». Autrement dit : Dieu les a désignés pour être son « peuple élu ». Mais s'ils transgressent ses commandements, ils seront châtiés et condamnés à fuir le pays de leurs ancêtres. Tous les bannis de la terre, persuadés d'avoir mérité la colère de Dieu, gardèrent pourtant foi en lui. Ils se dirent qu'un jour viendra où ils seront reconduits par le Messie dans leur pays, la « Terre promise », et Dieu instituera son royaume parmi eux.

Mais quand Jésus se présenta comme le Messie, ils ne le crurent pas. Ils le prirent pour un menteur, comme il y en avait déjà eu tant d'autres avant lui, et ils le crucifièrent. Or beaucoup d'hommes, jusqu'à nos jours, ne le leur ont toujours pas pardonné. De plus, ces mêmes hommes prêtent crédit aux rumeurs les plus insensées que l'on répand sur les Juifs. Beaucoup n'attendent qu'une chose : pouvoir les châtier et les persécuter.

Un grand nombre de gens n'aiment pas les Juifs. Ils les trouvent étranges et inquiétants et les chargent de tous les maux. Pourquoi ? Uniquement parce qu'ils ne les connaissent pas assez !

Nous étions suspendus aux paroles de M. Neudorf. Le silence était si grand que l'on entendait le crissement de ses chaussures. Tous nos regards convergeaient vers lui ; seul Frédéric regardait ses mains, comme s'il avait l'esprit ailleurs.

— On reproche aux Juifs d'être rusés, sournois ! dit encore M. Neudorf. Comment ne le seraient-ils pas ? Il faut qu'un homme, vivant dans la crainte permanente d'être pourchassé et torturé, ait une grande force d'âme pour afficher sa droiture.

On affirme que les Juifs sont cupides et âpres au gain ! Pourrait-il en être autrement ? Ils n'ont jamais cessé d'être pillés, d'être dépossédés de leurs biens ; ils ont, depuis des siècles, été contraints de fuir en abandonnant tout derrière eux. Dans de telles situations de détresse, l'expérience leur a appris que seul l'argent leur permettrait d'acheter les moyens de subsister.

Leurs ennemis, même les plus acharnés, doivent pourtant leur concéder une chose : les Juifs sont doués et entreprenants. Seuls des hommes doués et entreprenants peuvent survivre à deux mille ans de persécutions ! Travaillant souvent plus et mieux que la plupart des gens au milieu de qui ils vivaient, ils ont réussi chaque fois à reconquérir respect et considération. Ne l'oublions pas, de nombreux savants et artistes furent et sont, encore aujourd'hui, des Juifs. Si aujourd'hui ou demain vous êtes témoins d'actes de mépris envers les Juifs, dites-vous : ils sont des hommes, des hommes comme vous et moi !

Sans nous regarder, notre maître cura la cendre de sa pipe, alluma ce qui restait de tabac et tira quelques bouffées, avant de reprendre :

— Maintenant, vous avez sûrement envie de savoir pourquoi je vous ai raconté tout cela.

Se dirigeant vers Frédéric, il lui mit la main sur l'épaule et nous dit :

— L'un de vous va devoir quitter notre école. Frédéric Schneider n'est plus autorisé à la fréquenter ; il doit aller dans une école juive, parce qu'il est de croyance judaïque. Son départ d'ici ne doit donc pas être considéré comme une punition, mais comme un simple changement d'école. J'espère que vous le comprendrez et que vous resterez ses amis, tout comme je reste le sien, quand bien même il ne sera plus mon élève. Peut-être aura-t-il besoin un jour de s'appuyer sur de vrais amis.

M. Neudorf prit Frédéric par les épaules et l'obligea à le regarder.

— Je te souhaite bonne chance, Frédéric, et te dis au revoir !

Baissant la tête, Frédéric répondit dans un murmure :

— Au revoir !

M. Neudorf regagna son estrade d'un pas rapide. Se tournant ensuite vers la classe, il leva le bras droit, main tendue à hauteur des yeux, et lança[1] :

— Heil Hitler !

Tout le monde se leva d'un bond et répondit de la même manière :

— Heil Hitler !

---

1. Tous les cours devaient obligatoirement commencer et s'achever par le salut hitlérien.

14

La femme de ménage

1935

Depuis que M. Schneider travaillait comme chef de rayon dans le grand magasin *Herschel Meyer*, Mme Schneider avait une femme de ménage. Mme Penk venait chez elle deux fois par semaine.

Mon père ayant de nouveau un emploi et ayant de surcroît bénéficié d'un avancement en raison de son adhésion au parti, Mme Penk vint aussi chez nous.

Mme Penk était une femme méticuleuse et ne rechignait pas à l'ouvrage. Aussi pouvait-on la recommander sans la moindre hésitation. C'est ainsi qu'elle trouva facilement d'autres employeurs pour compléter ses heures de ménage. Elle avait une préférence pour les familles avec enfants, car elle-même n'en avait pas. Et comme son mari rentrait tard le soir de l'usine, elle s'ennuyait seule chez elle. De plus, elle adorait pouvoir s'offrir toutes sortes de choses. Autant de raisons qui l'avaient poussée à travailler chez les autres.

C'était un mercredi, à la fin de l'automne 1935. Je faisais mes devoirs et Mme Penk était en train de nettoyer les vitres. Il y eut un coup de sonnette, puis j'entendis Maman aller à la porte. C'était Mme Schneider : elle souhaitait parler à Mme Penk.

Entendant que l'on parlait d'elle, Mme Penk abandonna ses chiffons et s'apprêtait à aller voir, quand Mme Schneider et Frédéric entrèrent chez nous avec Maman.

— Bonjour, madame Penk ! J'avais à vous parler, lui dit Mme Schneider. Cela vous dérangerait-il de venir plus tard vendredi ? Je dois conduire Frédéric chez le médecin.

Mme Penk eut subitement l'air gêné. Elle commença par sortir son mouchoir de la poche de son tablier et par le tortiller tout un moment entre ses doigts. Gardant les yeux rivés sur son mouchoir, elle semblait chercher ses mots.

— Je voulais moi aussi vous parler, finit-elle par dire. D'ailleurs, j'avais l'intention de monter chez vous dès que j'aurais eu terminé ici.

Marquant une pause, elle leva les yeux vers Mme Schneider et bafouilla :

— Eh bien voilà, madame Schneider, il faut que vous compreniez... Mon mari pense... Enfin, vous savez que j'ai eu vraiment beaucoup de plaisir à travailler chez vous... Et j'aime tellement le petit Frédéric...

Le visage de Mme Schneider s'était empourpré d'un coup. Elle avait baissé la tête et tripotait nerveusement les boutons de son manteau. Sa respiration s'était accélérée. Maman regarda tour à tour Mme Schneider et Mme Penk.

Mme Penk avait attiré Frédéric à elle, lui avait passé le bras autour du cou. Elle le pressait contre elle, tandis que sa main gauche lissait sans relâche son tablier. Frédéric regardait les deux femmes, se demandant ce qui se passait.

Mme Schneider redressa enfin la tête, tenta de se ressaisir et prononça péniblement :

— C'est bon, madame Penk, je comprends parfaitement. Je ne vous en veux pas. Je vous remercie sincèrement pour l'aide efficace que vous m'avez apportée pendant si longtemps. Je vous souhaite bien des choses.

Sur ce, elle lui donna une rapide poignée de main et dit à Frédéric :

— Viens ! Nous rentrons.

Puis elle s'éloigna précipitamment. Maman les raccompagna jusqu'à la porte. Quand elle regagna le salon, elle eut un haussement d'épaules.

— Je ne comprends plus rien !

Mme Penk, immobile à la même place, continuait de pétrir son mouchoir.

— Vous seriez-vous disputée avec Mme Schneider ? s'enquit Maman. Que se passe-t-il ? Comment pouvez-vous laisser tomber une telle famille ?

Mme Penk se détourna, reprit ses chiffons et revint

à la fenêtre. Tout en frottant les vitres, elle s'adressa au mur :

— Comment faire autrement ? Si vous croyez que ça ne m'a pas coûté ? Mais voilà, je n'ai que trente-huit ans !

La mine de Maman s'allongea, comme si Mme Penk lui avait posé une énigme.

— Quel rapport y a-t-il avec votre âge ?

Mme Penk suspendit son activité et regarda Maman par-dessus son épaule avec de grands yeux ébahis.

— Comment ! Vous n'êtes donc pas au courant de la nouvelle loi promulguée par les nazis ? fanfaronna-t-elle presque, d'un ton supérieur.

— J'avoue que non ! répondit Maman, toujours sous le coup de l'étonnement.

— Eh bien, tous les mariages entre Juifs et non-Juifs sont annulés. Et les femmes non-juives qui ont moins de quarante-cinq ans n'ont plus le droit de travailler chez des Juifs.

— Mon Dieu ! soupira Maman.

— La semaine dernière, expliqua Mme Penk, je les ai vus traîner une femme à travers la ville. Ils lui avaient accroché une pancarte autour du cou, sur laquelle on pouvait lire :

*Je mérite d'être fouettée
pour avoir aimé un Juif !*

Maman porta les mains à son visage.

— Mais c'est épouvantable ! gémit-elle.

— Vous croyez que ça me ferait plaisir d'être traînée moi aussi dans les rues de la ville ou d'être emprisonnée dans un camp ? dit-elle avec force agitation.

Maman se dirigea lentement vers la porte du salon. Au moment de sortir, elle s'arrêta un instant :

— Et que pense votre mari de tout cela, madame Penk ? demanda-t-elle.

Tout en repliant son chiffon, Mme Penk répondit à voix basse.

— Vous savez, si ça ne tenait qu'à moi, j'aurais déjà trouvé un arrangement. Mais mon mari a été communiste ; il pense que nous devons être prudents et ne rien faire qui puisse nous attirer des ennuis.

15

La mise en garde

1936

Papa rentra tard de la réunion du parti. Jetant d'un air las un œil à la pendule, il dit à Maman :

— Je n'ai pas envie de manger maintenant.

Maman s'en étonna, mais alla reposer sans un mot la marmite sur le feu.

Après être allé chercher une chaise, Papa la posa dans le couloir près de la porte d'entrée et s'installa pour lire son journal. De la cuisine, Maman le regarda faire, puis retourna en soupirant à ses activités. Papa n'arrivait visiblement pas à se concentrer. Au moindre bruit dans la maison, il entrouvrait la porte d'entrée et prêtait l'oreille. Intrigué par son étrange comportement, je m'arrêtai de jouer pour mieux l'observer.

Quand Papa reconnut le pas de M. Schneider dans les escaliers, il jeta son journal par terre, ouvrit brusquement la porte et sortit sur le palier pour l'accueillir. M. Schneider montait d'un pas lent. Il était accompagné de Frédéric qui lui portait sa serviette. L'un et l'autre furent surpris de voir Papa en travers de leur chemin.

— Puis-je vous demander, monsieur Schneider, de rentrer un instant chez nous ? leur chuchota-t-il.

— Frédéric peut-il venir lui aussi ? questionna M. Schneider.

— Bien entendu, répondit Papa.

Après les avoir conduits l'un et l'autre au salon, Papa invita M. Schneider à s'asseoir et suggéra à Frédéric d'aller jouer avec moi. Nous nous accroupîmes l'un et l'autre dans un coin près du poêle et commençâmes en silence une partie de dominos. Papa offrit à M. Schneider un de ses bons cigares du dimanche, s'alluma une cigarette, et pendant tout un moment ils fumèrent sans parler.

— Ce que j'ai à dire n'est pas facile, finit par bredouiller Papa.

Puis, prenant de l'audace, il regarda M. Schneider bien en face et lui demanda :

— Puis-je m'adresser à vous en toute franchise ?

Sur le moment, M. Schneider marqua un temps d'hésitation. Son visage se troubla et il ne put réprimer un tremblement de la main qui tenait le cigare, répandant de la cendre sur son pantalon et sur le plancher. Mais sitôt après, il répondit :

— Faites, je vous en prie !

De nouveau assailli par un sentiment de gêne, Papa détourna les yeux avant de confier, à mi-voix :

— Je suis entré au parti.

— Je le sais ! répliqua M. Schneider sur le même ton de voix, laissant percer cependant sa déception.

Papa eut un mouvement de surprise.

— Votre fils me l'a dit ! expliqua M. Schneider.

Et il ajouta, avec une pointe de tristesse :

— De toute façon, je m'en serais douté.

Papa me jeta un regard lourd de reproches, puis tira nerveusement sur sa cigarette avant de revenir à son sujet.

— Comprenez-moi, monsieur Schneider ! J'ai été longtemps au chômage. Depuis que Hitler est au pouvoir, j'ai retrouvé un travail. Un travail bien supérieur à toutes mes attentes. Maintenant, nous n'avons plus de soucis d'argent.

— Vous n'avez pas à vous excuser, je vous assure ! souligna M. Schneider, tentant de mettre fin à cette confession embarrassante.

Papa eut un geste de dénégation.

— Cette année, pour la première fois, nous allons pouvoir nous offrir tous les trois des vacances et faire un voyage grâce à l'association Force par la Joie. Et du fait de mon adhésion au parti, je viens même d'obtenir un avancement conséquent. Monsieur Schneider, sachez une chose. Si je suis devenu membre du N.S.D.A.P., c'est parce que je crois que cela peut offrir des avantages à moi et à ma famille.

M. Schneider interrompit Papa.

— Je vous comprends parfaitement. Peut-être...

peut-être que si je n'étais pas juif, j'aurais agi comme vous. Mais voilà, je suis juif !

Papa prit une nouvelle cigarette, puis donna encore libre cours à son besoin de se justifier.

— Je n'approuve pas tout ce que fait ou exige le parti. Mais, monsieur Schneider, tout parti et tout gouvernement n'ont-ils pas leurs mauvais côtés ?

M. Schneider sourit avec amertume.

— Malheureusement je fais partie, cette fois, du mauvais côté !

— C'est pourquoi, monsieur Schneider, je vous ai demandé d'entrer, reprit Papa. Je tenais à m'entretenir de tout cela avec vous.

M. Schneider se tut, portant sur Papa un regard direct dont toute trace d'inquiétude avait disparu. Sa main ne tremblait plus. Sa respiration était calme et profonde. Et il savourait, détendu, chaque bouffée de son cigare.

Très vite, Frédéric s'était arrêté de jouer aux dominos pour suivre la conversation des adultes. Ses yeux paraissaient démesurément grands, mais on aurait pu croire qu'ils vagabondaient au loin. Il ne prêtait plus attention à ma présence. Moi non plus, je ne perdais rien de tout ce qui se disait. Même si je ne comprenais pas tout, j'étais néanmoins frappé par la gravité des voix.

— Savez-vous, monsieur Schneider ? reprit mon père. J'ai assisté cet après-midi à une réunion du parti. Dans ces réunions, on apprend toutes sortes de choses, on perçoit les intentions du gouvernement. Et si on sait bien écouter, on peut en apprendre encore davantage.

Après un bref instant de silence, Papa posa la question qui lui tenait à cœur :

— Monsieur Schneider, pourquoi restez-vous encore ici avec votre famille ?

M. Schneider eut un sourire étonné. Mais Papa continua.

— Beaucoup de vos coreligionnaires ont déjà quitté l'Allemagne parce qu'on leur rendait la vie trop dure. Ce n'est qu'un début ; ça va s'intensifier. Pensez à votre famille, monsieur Schneider. Partez !

M. Schneider tendit la main à Papa en lui disant :

— Je vous remercie pour votre franchise et je sais l'apprécier. Croyez-moi. J'ai beaucoup réfléchi, moi aussi, à la situation et je me suis demandé s'il ne serait pas préférable de fuir l'Allemagne. Mais deux raisons m'en empêchent...

Papa l'interrompit brusquement, en proie à une grande agitation.

— Mais enfin, monsieur Schneider ! Tout, absolument tout indique qu'il vous faut partir aujourd'hui plutôt que demain. Comprenez-le donc !

Papa prit une troisième cigarette, lui qui n'en fumait jamais plus de cinq par jour.

— Laissez-moi d'abord vous exposer mes raisons ! reprit M. Schneider. Je suis allemand, ma femme est allemande, mon fils est allemand, tous nos parents sont allemands. Que ferions-nous à l'étranger ? Y serions-nous acceptés ? Croyez-vous vraiment que les Juifs que nous sommes soient mieux aimés ailleurs qu'ici ?... De plus, la situation va finir par se calmer. Depuis le début de l'année olympique, on nous laisse quasiment tranquilles. Vous n'êtes pas d'accord ?

En voulant faire tomber la cendre du bout de son doigt, Papa brisa en deux sa cigarette. Il s'empressa d'en reprendre une autre, avant de rétorquer avec insistance :

— Ne vous fiez pas à cette paix apparente, monsieur Schneider !

— Jugez-en vous-même ! répliqua patiemment M. Schneider. Cela fait plus de deux mille ans que nous autres, Juifs, sommes victimes de préjugés. Personne ne peut s'attendre à ce qu'ils disparaissent en un demi-siècle de vie commune et sans conflits majeurs. Nous devons donc nous en accommoder. Au Moyen Âge, ces préjugés mettaient notre vie en péril. Depuis, les hommes sont quand même devenus un peu plus raisonnables.

Papa fronça les sourcils.

— Vous parlez, monsieur Schneider, comme si vous aviez à craindre une poignée d'antisémites enragés. Mais votre adversaire aujourd'hui, c'est un État !

Papa faisait tourner sa cigarette entre ses doigts et fumait nerveusement.

— C'est là notre chance ! s'écria M. Schneider. On va restreindre nos libertés, on va peut-être nous traiter d'une manière injuste. Mais au moins n'avons-nous pas à redouter que des foules en fureur nous tuent impitoyablement.

Papa secoua les épaules.

— Et vous accepteriez l'absence de liberté et de justice ?

M. Schneider se pencha en avant et, d'une voix calme et assurée, répondit :

— Dieu nous a confié, à nous Juifs, une mission. Nous nous devons de l'accomplir. Le fait est que nous avons toujours été persécutés depuis que nous avons quitté notre patrie. Ces derniers temps, j'ai beaucoup médité sur la question. Je me suis dit que le seul moyen de mettre un terme à notre perpétuelle errance serait peut-être de ne plus fuir et d'apprendre la patience et l'endurance là où nous sommes amenés à vivre.

Papa écrasa sa cigarette.

— J'admire votre optimisme, monsieur Schneider, lui dit-il. Mais je ne peux pas le partager. La seule chose que je puisse faire, c'est vous renouveler ce conseil : partez !

— Ce que vous laissez entendre est impensable, lui déclara M. Schneider. Pas au vingtième siècle !... Néanmoins, je vous remercie encore une fois pour votre franchise et votre sollicitude.

Se levant, il secoua chaleureusement la main de Papa et fit signe à Frédéric de le suivre. Papa le raccompagna jusqu'à la porte. S'arrêtant un bref instant sur le palier, M. Schneider dit à Papa à voix basse :

— Si d'aventure vous aviez raison, puis-je vous adresser une prière ?

Papa acquiesça.

— Si... si quelque chose devait m'arriver, prenez soin, je vous prie, de ma femme et de mon fils !

Pour toute réponse, Papa saisit la main de M. Schneider et la serra fortement dans la sienne.

16

À la piscine

1938

Il faisait très chaud. Seuls circulaient dans la rue ceux qui y étaient contraints et les quelques passants rasaient les murs, en nage.

On s'était donné rendez-vous, Frédéric et moi, en dehors de la ville pour aller à la piscine du bois. Maman m'avait prêté son vélo. Il n'avait pas vraiment fière allure, mais il roulait encore bien. Frédéric arriva avec le sien. C'était un vélo tout neuf et d'un bleu étincelant, tant il l'avait briqué.

Sitôt entrés dans le bois, on se mit à chanter toutes sortes de chansons. Frédéric s'amusa aussi à lâcher le guidon et à faire des boucles qui le faisaient naviguer d'un bord à l'autre du chemin. Soudain, la silhouette d'un homme se profila au loin pédalant vers nous sur un superbe vélo gris argent. Sous le soleil, le vélo brillait de mille feux. Celui de Frédéric, à côté, ne souffrait plus la comparaison. Malgré la forte chaleur, le cycliste semblait pressé. Encore à une bonne distance de nous, il faisait déjà tinter son timbre, car il voyait Frédéric continuer à zigzaguer. Frédéric se contenta de reprendre son guidon, mais poursuivit ses acrobaties, obligeant l'homme à freiner. Ce n'est qu'au dernier moment qu'il lui libéra le passage.

L'inconnu en profita aussitôt pour accélérer et, quand il nous croisa, il nous lança des injures. À peine s'éloignait-il que Frédéric siffla entre ses doigts dans sa direction. Sans se retourner, l'homme appuya encore plus fort sur la pédale, puis disparut de notre vue.

Arrivés un quart d'heure plus tard à la piscine, nous nous empressâmes d'attacher les vélos à un tronc d'arbre et de filer nous déshabiller au vestiaire. Ayant déposé nos vêtements à la consigne, un préposé nous remit à chacun un bracelet avec un numéro. Frédéric fit passer le sien à sa cheville, puis courut vers la piscine et plongea. Il nageait beaucoup mieux que moi et il était un excellent plongeur.

Tout l'après-midi, nous fîmes les fous dans l'eau, nous arrêtant parfois pour prendre un bain de soleil. À un moment donné, je vis l'heure affichée par l'horloge au-dessus de l'entrée du bâtiment : nous avions dépassé le temps prévu ! Mais quand nous voulûmes aller reprendre nos vêtements, Frédéric s'aperçut qu'il n'avait plus son bracelet. Il repartit vers la piscine, plongea plusieurs fois au fond du bassin. Le bracelet restait introuvable. Dans un haussement d'épaules, il se résolut à prendre rang derrière ceux qui attendaient leurs affaires.

Le maître nageur était débordé et la remise des vêtements traînait en longueur.

Moi, j'avais déjà récupéré le cintre avec mon pantalon, mes chaussures et tout le reste. Je m'étais changé, repeigné en toute hâte. Quand je sortis de la cabine, Frédéric était toujours dans la file d'attente. J'en profitai pour tordre mon maillot de bain et l'enrouler dans ma serviette.

Frédéric se pointa enfin devant le maître nageur. Quand il lui expliqua ce qui s'était passé, celui-ci se mit en colère, mais condescendit à lui lever la barrière et l'accompagna dans le vestiaire. Ruisselant d'eau et grelottant de froid, Frédéric se mit à chercher ses affaires au milieu de toutes les autres.

Le maître nageur s'impatientait et s'apprêtait à le faire asseoir sur un banc, le temps de servir ceux qui attendaient encore, quand Frédéric s'écria :

— Elles sont là !

Le maître nageur prit le cintre, alla l'accrocher à la barrière et demanda à Frédéric de repasser de l'autre côté.

— Comment t'appelles-tu ? lui demanda-t-il.
— Frédéric Schneider.
— Où est ta carte d'identité ?
— Dans la poche arrière droite de mon pantalon. Le bouton est à moitié décousu.

Le maître nageur chercha la poche, la déboutonna et en sortit un petit étui. Après en avoir extrait la carte, il l'examina attentivement.

Frédéric attendait, claquant des dents et gardant les yeux baissés pour masquer son embarras.

Subitement, le maître nageur siffla en direction de l'autre bout du bâtiment, réservé aux femmes et aux jeunes filles. La responsable accourut.

— Regarde-moi ça ! lui dit le maître nageur. Tu n'en verras pas tous les jours une comme ça.

Et il se mit à crier à la cantonade :

— C'est une carte de Juif ! Ce sale môme m'a trompé ; il déclare s'appeler Frédéric Schneider. En fait, il s'appelle Frédéric Israël Schneider. C'est un Juif ! Pouah ! Un Juif dans notre institution !

Son visage grimaça de dégoût. Tous ceux qui attendaient encore leurs vêtements braquèrent leur regard sur Frédéric. Prenant ostensiblement l'étui et la carte d'identité du bout des doigts, le maître nageur les balança de l'autre côté de la barrière. Puis, comme s'il lui répugnait d'y toucher, il envoya promener le cintre avec les affaires de Frédéric, qui se dispersèrent un peu partout.

— Quoi ! railla-t-il en faisant la moue. Des affaires de Juifs au milieu des vêtements de gens honorables !

Tandis que Frédéric rassemblait pantalon, chemisette et autres accessoires, le maître nageur s'exclama :

— Beurk ! Faut maintenant que j'aille me laver les mains avant de servir les autres.

Au moment de s'éloigner, il tomba sur une chaussure de Frédéric et la projeta d'un coup de pied dans un petit bassin.

Quand il revint, Frédéric n'avait pas encore fini de tout ramasser. Il l'avertit :

— Rhabille-toi où tu voudras ! Mais il est hors de question que tu entres dans une de nos cabines !

Frédéric était désemparé. Les bras serrés sur ses affaires, il se demandait où il allait pouvoir se sécher et se changer. Impossible de trouver un coin discret ! Alors, il se sécha tant bien que mal avec sa serviette et passa son pantalon sur son maillot de bain mouillé.

Le maître nageur lui hurla quelque chose, mais de là où nous étions, nous ne pouvions plus entendre ce qu'il disait. J'avais déjà détaché nos vélos. Frédéric n'eut qu'à empiler en vrac son balluchon sur son porte-bagages. Mais il n'osa pas me regarder en face. Il murmura seulement :

— Je me changerai correctement quand on sera plus loin.

C'est alors que nous entendîmes du bruit derrière nous. Un jeune homme disait à voix haute :

— C'est ici qu'il était ! J'en suis absolument certain. Je l'avais attaché à cet endroit. J'ai beau chercher partout, il n'y est plus. Il était gris argent ; je venais de le briquer.

Une foule de curieux ne tarda pas à s'attrouper autour de lui. Chacun y alla d'un conseil.

— Il faut que tu suives les traces de pneus ! déclara l'un.

— Alerte tout de suite la police ! suggéra un autre.

Frédéric dressait l'oreille. Soudain, abandonnant tout sur place, je le vis filer vers le cercle de badauds.

— Écoute ! dit-il en interpellant la victime du vol, je sais qui t'a piqué ton vélo. J'ai vu l'homme. Je peux en donner le signalement.

Tous les regards se portèrent sur Frédéric et un

passage se forma aussitôt entre lui et le jeune homme. Faisant un pas vers lui, celui-ci lui demanda :

— Dis donc, toi ? Tu es bien le Juif de tout à l'heure ?

Frédéric devint rouge écarlate. Le jeune homme poursuivit alors un ton moqueur :

— Non mais ! Tu crois sincèrement qu'ils vont te croire, à la police, quand tu vas leur raconter toutes tes salades ?

17

Les treize ans de Frédéric

C'était la première fois que j'allais assister avec Frédéric à une cérémonie dans une synagogue. Pourtant Papa m'avait dit, il y a tout juste une semaine : « Ne te montre plus sans cesse en public avec le fils des Schneider. Sinon, je vais avoir des ennuis. » Nous nous trouvions donc, M. Schneider, Frédéric et moi, dans la grande salle du culte : Frédéric et son père vêtus de leurs plus beaux costumes ; moi, en revanche, dans ma tenue de tous les jours.

Les bancs devant le nôtre se remplissaient progressivement. Des hommes, le chapeau sur la tête, nous serraient la main au passage en nous disant : « *Gutes Schabbes.* » Mais quand ils s'adressaient à Frédéric, tous ajoutaient un mot gentil ou lui donnaient une tape amicale sur l'épaule.

Au bout d'un moment, les gens dans l'assistance soulevèrent la planche du banc qui sert de siège.

Dessous se trouvaient de petits casiers. Du sien, Frédéric retira un grand châle, un livre et sa kippa, puis il y rangea sa casquette. Lorsqu'il prit le châle aux longues franges, il le porta à ses lèvres avant de le mettre sur ses épaules. Se penchant vers moi, il me glissa tout bas :

— C'est mon *tallith*, mon manteau de prière.

Peu après, je vis un homme vêtu d'un long manteau noir lui tombant jusqu'aux chevilles descendre les marches d'une partie surélevée face à nous et venir se placer au centre de la salle devant un lutrin. Celui-ci était recouvert d'un tapis, sur lequel était posé un gros livre. L'homme ouvrit le livre, commença par le feuilleter en partant de la fin, et quand il eut trouvé ce qu'il cherchait, il se mit à psalmodier une prière en hébreu.

— C'est notre rabbin, m'expliqua Frédéric, toujours à voix basse.

Ayant lui-même ouvert son livre de prières, il commença aussi à psalmodier sur le même ton et également en hébreu. Tantôt il entrecoupait la mélopée du rabbin par des réponses, tantôt il entonnait ce qui devait être une nouvelle prière.

Je n'en croyais pas mes oreilles. Où Frédéric avait-il bien pu acquérir une si bonne connaissance de l'hébreu ? Il ne m'en avait jamais rien dit. À l'entendre, j'avais l'impression que rien dans sa voix ne le différenciait des adultes autour de nous. De temps en temps, il quittait son livre des yeux et m'adressait un signe de tête.

Le rabbin priait, tourné vers l'est, face à un mur masqué par un rideau rouge. Son buste s'inclinait perpétuellement. On aurait dit un mouvement de balançoire. Hormis le rideau brodé de caractères hébraïques en fil d'or et les grands chandeliers à sept branches surmontés de bougies, la salle était dépouillée de tout ornement. Des femmes assistaient aussi à la cérémonie religieuse, mais elles étaient regroupées dans une même rangée, sur le bas-côté.

Alors que je poursuivais avec curiosité mon exploration de la synagogue, les voix de la communauté tout entière se mêlèrent à celle du rabbin. Peu à peu, il n'y eut plus qu'une seule et même voix qui gagna en puissance. À la fin de la prière, le rabbin se dirigea à pas mesurés vers le rideau rouge. Le rideau fut tiré par un auxiliaire de la synagogue. Une petite porte apparut dans le mur, révélant une niche. Le rabbin l'ouvrit lui-même, puis s'écarta un instant pour que tous puissent voir ce qui se trouvait à l'intérieur.

— Cette niche, c'est le tabernacle, m'informa cette fois Frédéric. Il renferme la Thora, notre Livre saint. En fait, c'est un double rouleau de parchemins cousus l'un à l'autre, et il est entièrement écrit à la main !

La Thora était enveloppée dans un linge blanc, sur lequel étaient posés une couronne et un écusson, tous les deux en argent. Après l'avoir sortie de la niche, le rabbin la porta avec majesté à travers la salle. Sur son passage, tous les fidèles quittaient leur place pour effleurer avec ferveur les rouleaux sacrés de leur tallith, qu'ils portaient ensuite à leurs lèvres.

— Attends-toi bientôt à la surprise ! me confia Frédéric, très excité.

M. Schneider le rappela au calme en lui tapotant le bras et, l'attirant à lui, il lui passa la main dans les cheveux. Quand le rabbin eut achevé le tour des allées, l'auxiliaire retira la couronne, l'écusson, puis le linge qui enveloppait l'imposant rouleau, et déposa celui-ci sur le lutrin. Après quoi, le rabbin le déroula, puis invita successivement sept hommes à venir lire un passage. Le dernier qu'il appela n'était autre que Frédéric ! Avant que son fils rejoigne le rabbin, M. Schneider lui posa les deux mains sur les épaules et le regarda fièrement dans les yeux. Puis il le laissa aller. Le rabbin accueillit Frédéric avec plus de solennité qu'il ne l'avait fait avec les autres.

— C'est la première fois de sa vie qu'il est appelé pour lire un passage du Livre saint ! me commenta M. Schneider, rayonnant de bonheur. Après, il aura aussi le droit de lire un passage des Prophètes.

Comme les hommes précédemment, Frédéric effleura d'abord de son tallith le passage de la Thora que lui indiqua le rabbin, puis après avoir baisé le tallith, il entonna les premières phrases. À la différence des précédents, Frédéric psalmodia seul. Plus incroyable encore : sa voix était rapide et assurée. Arrivé au terme du passage, de nouveau il effleura la Thora de son tallith, qu'il porta encore une fois à ses lèvres. Et tandis qu'un des appelés enveloppait la Thora dans le linge, puis la recouvrait de ses ornements, il lut dans un gros livre un extrait des Prophètes. Après quoi, il revint s'asseoir à côté de nous.

Le rituel se termina comme il avait commencé : le rabbin parcourut la salle avec la Thora, les fidèles s'en approchèrent, tendirent vers lui leur tallith et le portèrent à leurs lèvres.

Après avoir remis le Livre saint dans le tabernacle, le rabbin pria un instant devant, referma la petite porte et vint se placer face à l'assemblée. Pour la première fois, je l'entendis s'exprimer en allemand.

En fait, il ne s'adressa qu'à Frédéric : il le présentait dans un bref sermon à la communauté des fidèles.

Pendant tout le sermon, les regards ne cessèrent de se porter vers Frédéric, accompagnés tantôt d'un sourire, tantôt d'un signe de tête, pour lui souhaiter la bienvenue. Le rabbin lui dit :

— Aujourd'hui, une semaine après ton treizième anniversaire, tu as été appelé à lire devant la communauté un passage de la Thora. Pour tous les Juifs, c'est un suprême honneur que d'être autorisé à proclamer les Saintes Écritures. Mais le jour où cela se fait pour la première fois est un jour tout à fait exceptionnel. Par cet acte, commence pour toi une nouvelle vie. Dorénavant, toi seul es responsable de tes actes devant Dieu. Jusqu'à aujourd'hui, c'est ton père qui a assumé cette responsabilité. Mais à partir d'aujourd'hui, tu es au même titre que nous tous ici un membre à part entière de notre communauté et il t'incombera de suivre les commandements de Dieu, car plus personne ne pourra t'absoudre de ta faute si tu les transgresses.

À une époque difficile, tu assumes un lourd devoir. Certes, nous avons un jour été choisis par Dieu pour être ramenés par le Messie dans notre patrie et contribuer à l'édification de son royaume. Mais Dieu nous a également imposé une lourde destinée : celle d'être jusqu'à nos jours encore pourchassés et persécutés.

Nous ne devons jamais oublier que Dieu l'a voulu ainsi. Nous ne pouvons pas échapper à sa volonté, quand bien même croirions-nous devoir en périr. Rappelle-toi ! Selon la Sainte Thora, il est dit : ...

Et le rabbin conclut son sermon par une citation

en hébreu. Il y eut encore un chant entonné par la communauté tout entière et la cérémonie s'acheva.

Quelques instants plus tard, je me retrouvai devant la synagogue en compagnie de Frédéric et de son père. J'avais tant de questions à leur poser ! Mais je n'arrivai pas à trouver l'occasion de le faire. Tous les hommes, qui sortaient, se dirigèrent vers nous pour féliciter Frédéric, rayonnant de fierté. Puis ce fut le tour des femmes, sorties sitôt après. Et quand nous rentrâmes enfin à la maison, une nuée de parents et amis des Schneider nous entouraient.

Mme Schneider, qui nous avait sûrement entendus monter, nous reçut sur le pas de la porte de leur appartement et nous conduisit immédiatement au salon. Un véritable festin de sabbat, préparé par ses soins, nous y attendait. Il y avait de tout ! Avant de commencer le repas, Frédéric s'adressa à l'assemblée et leur tint ce discours, digne des meilleurs orateurs :

— Cher Papa, chère Maman, chers parents et amis, le Seigneur nous a ordonné d'honorer père et mère afin que nous vivions longtemps dans le pays qu'il nous a offert. Qu'il me pardonne si, jusqu'à aujourd'hui, je n'ai pas suffisamment suivi son commandement.

Durant treize années de périodes tantôt bonnes, tantôt mauvaises, vous m'avez, chers parents, éduqué et conduit selon la volonté du Seigneur. C'est grâce à vous et à tous ceux qui vous ont secondés si j'ai été admis aujourd'hui dans la communauté. Par mes actes et mes pensées, je veux me montrer digne de cet honneur et de ce devoir.

Que le Seigneur vous accorde, à vous chers parents et à vous tous ici présents, de vivre heureux et en bonne santé pendant cent vingt ans pour me donner le temps d'acquitter ma dette envers vous...

Mme Schneider pleurait. Quant à M. Schneider, il fixait le plancher tout en fouillant distraitement dans la poche de sa veste. Quand Frédéric eut terminé, il fut couvert d'applaudissements. Son père lui offrit une montre-bracelet et il reçut aussi des cadeaux des autres invités. Profitant d'un aparté, je demandai à Frédéric à voix basse :

— Dis-moi, d'où ça te vient tout ça, l'hébreu et ce talent d'orateur ?

Frédéric eut un air béat de satisfaction.

— J'ai tout appris par cœur ! Ça fait bientôt trois mois que je répète mon passage de la Thora et mon discours.

J'étais abasourdi. Frédéric savoura mon ahurissement.

— Tu veux que je te dise ce que signifie « Frédéric » en hébreu ? me demanda-t-il.

J'acquiesçai.

— Ça signifie Salomon ! répondit-il en éclatant de rire.

Nous étions en train de manger quand on sonna à la porte.

— Qui peut encore venir ? s'inquiéta Mme Schneider.

Elle se précipita dans le couloir et alla ouvrir. C'était M. Neudorf. Il nous rejoignit au salon et, après avoir adressé ses vœux à Frédéric, il lui offrit un stylo à encre. Sur le capuchon, il avait fait graver *Frédéric* en lettres d'or !

18

Le professeur de gymnastique

Notre professeur de gymnastique s'appelait Schuster. Il était également chef S.A.[1], et pendant la guerre 1914-1918, il avait été capitaine. Tous ceux qui le connaissaient redoutaient sa sévérité. Quand quelqu'un refusait d'obéir ou mettait trop de temps à se changer, il lui faisait faire des flexions des genoux jusqu'à l'épuisement. Quand on l'apercevait à temps, on s'arrangeait pour ne pas le croiser. L'enseignement sportif qu'il nous dispensait consistait principalement en marches, telles que marches militaires, marches d'endurance avec équipement de campagne...

Un jour, il débarqua dans notre classe avant le cours de gymnastique – un cours de deux heures –, et nous déclara tout net :

— Récréation supprimée, les garçons ! De toute

---

1. Section d'assaut. En allemand : *Sturmabteilung*.

façon, du grand air, vous en aurez votre content. Au programme aujourd'hui : marche d'endurance.

Nos visages s'allongèrent, mais personne n'osa protester, pas même Karl Meisen qui s'était foulé la cheville au précédent cours de gymnastique en faisant un saut périlleux.

— Maintenant, videz-moi livres et cahiers de vos cartables et rangez-les dans les pupitres !

Chacun s'empressa d'obtempérer.

— Rassemblement immédiat dans la cour et alignement, le chef de file à trois pas du châtaignier ! Surtout, on n'oublie pas les cartables ! C'est parti !

Chacun se saisit de son cartable et dévala les escaliers de peur d'arriver en retard. Le professeur Schuster, lui, était déjà en bas. Il y eut un moment d'affolement pour retrouver sa place dans l'alignement.

— J'ai dit : « Alignement » ! beugla le professeur Schuster. Ce qui signifie : « Tout le monde au garde-à-vous ! »

Le temps de reprendre une profonde inspiration, nouveau beuglement :

— Et maintenant, tous au mur !

Sitôt l'ordre donné, nous nous élançâmes au pas de course en direction du mur. Mais avant même de l'avoir atteint, un « stoppez ! » nous bloqua sur place. Il fallut de nouveau nous aligner, repartir en courant vers le mur, nous aligner encore, avant de pouvoir enfin revenir en rangs serrés vers l'entrée de la salle de gymnastique. Près de cette salle se trouvaient des briques qu'un entrepreneur avait dû oublier. Le professeur Schuster nous en fourra dans nos cartables.

— Mon cartable est plus grand que celui des autres ! se mit à larmoyer Franz Schulter, quand celui-ci lui fourra trois briques. Les autres, ils n'en ont que deux !

Le professeur Schuster lui en ajouta une de plus.

Habituellement, les porteurs de cartable à poignée n'avaient que dédain pour les porteurs de cartables à bretelles. Cette fois, ils les envièrent de pouvoir porter leur chargement sur le dos. Après nous être mis en colonne de marche, nous quittâmes l'enceinte de notre établissement au pas cadencé. Tant que nous défilions dans le quartier de l'école, qui était également notre quartier d'habitation, d'où la possibilité pour nos parents de nous entendre, le professeur Schuster régulièrement nous faisait chanter. Cette fois, il ordonna :

— Haut les voix ! « Vois-tu à l'Est... », deuxième strophe !

Dès que le dernier de la colonne de marche eut crié : « Transmis ! », le peloton de tête hurla : « Trois... quatre ! », et on entonna tous en chœur :

Le Peuple, au fil des années,
Était trompé et asservi.
Traîtres et Juifs tiraient profit
De victimes qu'ils volaient par milliers.
Au sein du peuple nous est né
Un Führer qui nous a donné
La Foi, l'Espérance aussi
En l'Allemagne, notre pays.
Peuple, aux armes ! Peuple, aux armes !

Déjà épuisés par le poids des briques dans nos cartables, nous utilisions ce qui nous restait de souffle pour chanter. Nous étions à bout. Pourtant, après avoir quitté le quartier, il nous fallut encore faire le tour de la moitié de la ville au pas de course.

Une heure et demie plus tard, nous étions de retour. Mais dans quel état ! La veste de Franz Schulter était à tordre. La poignée de son cartable avait lâché et il avait dû porter tant bien que mal son barda sur l'épaule. Karl Meisen, avec sa foulure au pied, s'était arrêté en larmes à mi-parcours. Tous, nous traînions la patte et c'est à peine si nous pouvions encore marcher droit.

Le buste raide, le professeur Schuster avançait à nos côtés, insensible à nos souffrances, et son visage esquissait un sourire méprisant chaque fois que l'un de nous trébuchait. À un moment donné, nous aperçûmes une autre classe venir vers nous. De loin, il était difficile de voir qui c'était, jusqu'à ce que nous reconnûmes Frédéric, en sortie avec sa classe juive. Le professeur Schuster l'avait lui aussi repéré.

— Les garçons ! lança-t-il alors d'une voix énergique, on va leur montrer à ceux-là-bas ce qu'est la jeunesse allemande et quelles voies nouvelles elle prépare. Surtout, pas question de se comporter comme des mauviettes face à ces minus de Juifs ! J'attends de vous de la tenue. Compris ?

Et il remonta la colonne, donnant une bourrade tantôt à l'un, tantôt à l'autre, pour qu'il se redresse. Rassemblant ses dernières forces, chacun reprit une attitude digne. Le professeur nous somma ensuite de chanter. Lestés de nos tonnes de briques, nous passâmes, le regard fixe, devant la classe juive en claironnant à tue-tête :

> *Errant çà et là, des Juifs ratatinés*
> *La mer Rouge ont traversé ;*
> *Par les vagues submergés.*
> *L'univers respire en paix !*

19

Le pogrom[1]

Il était une heure environ ; je revenais de l'école. Alors que je passais devant le cabinet du docteur Askenase, je fus saisi par un spectacle hallucinant : sa plaque, toute tordue, était tombée devant la porte de l'immeuble ; l'encadrement de fenêtre de sa salle de consultation pendait à la hauteur du soupirail au bout d'un cordon de store ; tous ses appareils avaient été jetés dans la rue ; le contenu de flacons médicinaux s'était répandu par terre, dégageant une odeur entêtante. Et dans le caniveau, on reconnaissait les débris d'un poste de radio.

De l'endroit où j'étais, mon regard se porta jusqu'à la boutique d'Abraham Rosenthal, le petit Juif à la

---

1. *Pogrom* est un mot russe qui signifie une émeute accompagnée de pillages et de meurtres, dirigée contre une communauté juive.

barbiche. Le spectacle ne valait pas mieux ! Sa vitrine avait été brisée et avait projeté des éclats quasiment jusqu'au milieu de la voie du tramway ; le trottoir, devant chez lui, ressemblait à une décharge publique avec ses entassements de bouts de comptoir et d'étagères ; des rames de papier salies, poussées par le vent, s'accumulaient au pied du mur de l'immeuble. Les quelques passants devaient jouer des pieds pour se frayer un passage. Certains se penchaient subrepticement et faisaient disparaître des choses dans leur poche.

Arrivé à la hauteur de la petite boutique, je jetai un œil à l'intérieur. Le désastre était aussi grand : lambeaux de tapisserie flottant aux murs ; sol jonché jusqu'aux genoux de feuilles de papier de couleur déchirées, de feuilles de cartons illustrés à découper totalement déchiquetées, de cahiers souillés, de carnets aux pages arrachées, de rubans pour machine à écrire dévidés, sans parler des réglisses et des sucres d'orge multicolores dispersés dans tous les coins.

Continuant mon chemin, je tombai au carrefour suivant sur une bande constituée de cinq hommes et trois femmes. Équipés de barres de fer, le visage masqué, les uns par des casquettes à visière enfoncées sur la tête, les autres par des foulards remontés jusqu'aux yeux, ils se dirigeaient sans un mot vers le *Foyer juif des jeunes apprentis*.

De nombreux curieux leur avaient emboîté le pas. Parmi eux, un petit homme à lunettes lança avec satisfaction :

— Je suis entièrement d'accord avec eux. Ça devenait vraiment nécessaire de leur donner une bonne leçon, à ceux-là. Depuis le temps qu'ils le méritent. Pourvu qu'aucun n'en réchappe !

Je venais de m'intégrer, moi aussi, au groupe des curieux, quand le petit homme m'interpella.

— Aujourd'hui, mon garçon, souviens-toi de ce que tu vas vivre pour pouvoir le raconter plus tard à tes petits-enfants !

La bande d'hommes et de femmes s'arrêta devant le foyer juif. Au début, on aurait pu penser à une simple halte, au cours de laquelle ils se mirent à échanger des paroles à voix basse. Quand, subitement, l'un des hommes se dégagea du groupe et hurla en direction des étages supérieurs :

— Ouvrez !

Mais pas une fenêtre ne s'ouvrit, pas même un rideau ne fut tiré. La maison semblait désaffectée. L'homme s'époumona une seconde fois. Les yeux braqués sur le bâtiment, chacun de nous retint son souffle. Je sentis monter en moi une impatience fébrile. Qu'allait-il se produire ? Allait-on en rester là ?

Rompant le silence, des cris s'élevèrent : une des femmes au foulard invectivait la maison juive. Mais sa voix était si stridente qu'elle en devenait incompréhensible.

Indifférent à ses vociférations, je vis le même homme marcher d'un pas résolu vers la porte et appuyer vainement sur la poignée : la porte en chêne massif était fermée à clef !

Il recula alors de trois à quatre pas, prit son élan et se projeta, dos tourné, contre le battant. Mais il ne réussit même pas à l'ébranler. Prenant encore son élan, cette fois de plus loin, il fit une nouvelle tentative. Elle échoua, elle aussi.

Les autres hommes de la bande vinrent lui prêter main-forte. Deux des femmes se mirent aussi de la partie.

La femme aux invectives, elle, se contenta de changer de répertoire pour les encourager, en leur criant de plus en plus fort des « Oh ! Pousse. Oh ! Pousse », qui scandaient leurs efforts et s'entendaient jusqu'au bout de la rue.

Aiguillonnés par ces cris, certains badauds sortirent peu à peu de leur réserve, les uns mêlant leur voix à la sienne, les autres prêtant leur concours aux assaillants.

C'est alors que je me surpris moi-même à crier : « Oh ! Pousse. Oh ! Pousse », sans réaliser qu'à chaque exclamation, je m'avançais d'un pas. Jusqu'au moment où, sans savoir comment, je me retrouvai arc-bouté moi aussi contre la porte, en train de peser de tout mon poids avec les autres.

D'un coup, je m'aperçus qu'il n'y avait plus un seul badaud en face de moi : tous faisaient corps avec les assaillants !

La porte finit par céder. Mais comme personne ne s'y attendait, les premiers partirent en vol plané à l'intérieur. Les suivants trébuchèrent sur les fragments de bois, provoquant avec les derniers une série de carambolages.

Je fus, moi aussi, emporté par la vague humaine. Quand je me remis sur pied et regardai autour de moi, j'entendis de partout un véritable charivari de craquements, de bruits de chute. Alors que je montais à l'étage, mon cartable sur le dos, des tables de nuit voltigèrent dans la cage d'escalier, avant de s'écraser en bas.

Tout cela était étrangement excitant. Personne ne s'interposait à la destruction. Dans la maison, il y avait nulle trace des occupants : les couloirs étaient vides, les pièces étaient vides. Passant devant l'un des dortoirs, je revis la femme à la voix de crécelle, dans un nuage de plumes et de poussière, en train de lacérer les matelas avec un couteau. Tournant la tête vers moi, elle m'interpella avec le sourire :

— Tu ne me reconnais donc pas ?

Après réflexion, je fis signe que non. Elle me répondit dans un éclat de rire :

— C'est moi qui vous apporte le journal tous les matins !

Puis, s'étant essuyé le visage du revers de la main, elle prit à bras-le-corps un des matelas éventrés pour le balancer par la fenêtre.

— Tu devrais venir m'aider ! me lança-t-elle encore.

Mais je poursuivais déjà mon chemin. Un peu plus loin dans le couloir, je croisai un homme d'un certain âge, qui avait trouvé une armoire à outils et se remplissait les poches. Sans que je m'arrête, il me fourra un marteau dans la main, un marteau tout neuf. Tout en marchant, je me contentai tout d'abord de jouer négligemment du poignet avec le marteau, le faisant tournoyer ici ou là. Soudain, je heurtai quelque chose. Une vitre vola en éclats. C'était la vitre d'une bibliothèque déjà à moitié brisée.

Sur le moment, je pris peur. Mais sitôt après, ma

curiosité s'éveilla et je me mis à donner des petits coups sur une vitre qui n'était que fêlée. La vitre tomba de son cadre en cliquetant. Cela commença à m'amuser. À la troisième vitre, je frappai si fort, que les bris de verre partirent à la volée.

J'entrepris de reprendre mes déambulations à travers les couloirs en me frayant un passage avec mon nouveau jouet. Ce qui barrait ma route, je le dégageais d'un coup de marteau : pieds de chaise, armoires renversées... Je me sentais incroyablement fort ! J'aurais pu chanter tant m'enivrait le pouvoir que me communiquait le marteau.

Passant devant une porte fermée, l'envie me prit de la pousser. Je me retrouvai dans une petite salle de cours qui, apparemment, n'avait pas encore été visitée. Je faillis hurler de joie.

Alors que j'en faisais l'inspection, mon cartable heurta une équerre sur le bureau, laquelle tomba par terre. Plutôt que de la ramasser, je me mis à la piétiner. Quand elle se brisa, il y eut un bruit sec. On aurait dit un coup de feu.

J'en eus le souffle coupé. Quantité d'autres d'équerres, grandes et petites, étaient accrochées au mur. J'en pris une seconde et fis la même chose. Cette fois, le bruit fut plus sourd. Je finis par prendre toutes les équerres, l'une après l'autre, et leur fis subir le même sort. Mon plus grand plaisir était de les entendre craquer. Aucune n'avait le même son.

Quand il n'y eut plus d'équerres, je repris mon marteau, posé sur le bureau, et naviguai dans la salle, tambourinant sur les pupitres des élèves, fouillant les armoires, les tiroirs, les étagères. Mais je ne trouvai plus rien qui aurait pu tomber sous les coups de ma rage destructrice. J'étais déçu et m'apprêtais à quitter la salle quand j'eus l'idée de me retourner. Accroché au mur face à la porte, il y avait un grand tableau noir. Je me concentrai une fraction de seconde, puis envoyai à toute volée le marteau contre le tableau. La tête du marteau se ficha en plein milieu. Son manche en bois clair se détachant sur une surface noire faisait penser à un portemanteau.

Soudain, je me sentis envahi par un sentiment de fatigue et de dégoût de moi-même, et rentrai en courant à la maison. Maman m'attendait depuis un bon moment. Quand elle me vit arriver, elle me dévisagea, mais ne me posa aucune question. Je me gardai évidemment de lui dire d'où je venais. Maman alla chercher le déjeuner et me servit.

J'allais commencer à manger quand nous fûmes alertés par de véritables braillements au pied de notre maison, suivis de près par les craquements de la porte d'entrée que l'on enfonçait.

D'un coup monta jusqu'à nous la voix de roquet de M. Resch déversant un chapelet d'injures ; des bruits de pas rapides s'engagèrent dans les escaliers, dépassèrent notre palier et on entendit la porte des Schneider céder, elle aussi, sous des coups.

— Qu'est-ce qui se passe ? s'affola Maman, devenue livide. Il faut appeler la police !

— La police n'interviendra pas, lui répliquai-je. Elle se contente de regarder.

Soudain, un cri nous parvint et quelque chose tomba lourdement sur le plancher au-dessus de nous. Le cri, c'était celui de Mme Schneider ! Le bruit de chute fut couvert par les vociférations d'un homme. À sa voix se mêlaient les protestations véhémentes et les hurlements de désespoir de Frédéric. Envoyant promener ma cuillère, je courus vers la porte.

— Reste ici ! me supplia Maman.

Mais je montai déjà quatre à quatre les escaliers. La porte des Schneider ne tenait plus qu'à un gond. Mme Schneider gisait sur le sol de la cuisine, les lèvres bleuies, le souffle court.

Frédéric, une bosse au front, était penché sur elle et lui murmurait des choses à l'oreille. Il ne s'aperçut même pas de ma présence. Moi, j'étais là, comme tétanisé par ce qui se déroulait sous mes yeux.

Un homme venait d'enjamber le corps de Mme Schneider avec une totale indifférence, et déversait par la fenêtre une grande ménagère de couverts en argent. Dans le salon, une femme était en train de briser des assiettes en porcelaine. À ma vue, elle me lança, comme quelqu'un qui s'y connaît :

— C'est du Meissen[1] !

Pendant ce temps, une autre femme allait de pièce en pièce, lacérant tous les tableaux avec le coupe-papier de M. Schneider. Dans le bureau, un géant aux cheveux bruns sortait, un par un, les volumes de l'armoire-bibliothèque, tordait consciencieusement les couvertures, puis arrachait d'un coup les cahiers de pages. Sur le ton de la fanfaronnade, il me lança :

— Chiche que t'en fais pas autant !

---

1. Nom donné à la célèbre porcelaine fabriquée depuis 1710 à Meissen en Allemagne, dans la manufacture la plus ancienne d'Europe.

De la chambre de Frédéric, un autre individu m'interpella.

— Viens donc m'aider ! me dit-il, tandis qu'il essayait de faire passer toute la literie par la fenêtre.

Sorti de ma stupeur, je m'esquivai et redescendis les escaliers. Maman m'attendait, morte de peur, derrière la porte entrebâillée. Dès qu'elle me vit, elle me tira par la manche à l'intérieur et referma derrière elle. Nous allâmes en silence à la fenêtre du salon. Au-dessus de nos têtes, le vacarme n'avait toujours pas cessé. De la rue, une femme brailla en direction de l'appartement des Schneider :

— Crève, Judas !

C'était notre marchande de journaux.

Un fauteuil nous passa sous le nez, dans un sifflement, avant de s'écraser sur les rosiers du jardin.

C'en était trop. Maman éclata en sanglots. Je ne pus, moi non plus, retenir mes larmes.

20

La Mort

Au cours de la nuit, Maman s'éveilla en sursaut et tira Papa de son sommeil en lui disant :

— Écoute !

Moi aussi, de ma chambre, j'avais entendu.

Papa étouffa un bâillement.

— Que se passe-t-il ? demanda-t-il, à moitié endormi.

— On a frappé à notre porte, lui répondit Maman, inquiète.

— Tu as sûrement rêvé, lui dit-il d'un ton rassurant, et il se tourna de l'autre côté.

— Non, absolument pas ! insista Maman. Je suis sûre de ce que j'ai entendu.

Avant même que Papa ne lui réponde, il y eut de nouveau quelques coups timides à la porte. Papa ne fit qu'un bond hors du lit.

— Mais, quelle heure est-il donc ? s'étonna-t-il.

— Une heure et demie ! dit Maman.

Après avoir rapidement enfilé ses chaussures d'intérieur, jeté un manteau sur ses épaules, Papa alla sans bruit jusqu'à la porte et l'entrouvrit sans allumer les lumières. Dans l'obscurité du palier, il reconnut M. Schneider, vêtu comme s'il allait sortir.

— Excusez-moi ! murmura ce dernier. Mais ma femme ne va pas bien du tout. Or, nous n'avons plus de lumière et nous n'avons qu'une bougie pour nous éclairer. Pourriez-vous nous prêter une lampe ?

— Bien entendu ! répliqua Papa, après avoir ouvert grand la porte.

Et il s'empressa d'aller lui chercher une lampe. M. Schneider se confondit en remerciements.

— Encore toutes mes excuses pour vous avoir dérangé en pleine nuit, ajouta-t-il.

— Mais absolument pas ! lui répondit Papa.

Puis il referma la porte derrière lui et retourna se coucher. J'entendis Maman dire :

— Ça doit être le contrecoup de l'émotion ! Peut-être ferais-je bien d'aller voir si Mme Schneider a besoin de moi ?

Pourtant, elle resta couchée. À peine m'étais-je rendormi qu'on frappa de nouveau à la porte. Cette fois, Papa se leva aussitôt et alla ouvrir à M. Schneider. Celui-ci n'était pas seul.

— Je vous présente le docteur Lévy, dit-il à Papa. Nous aurions un service à vous demander.

Le docteur prit la parole.

— Je dois faire une piqûre à Mme Schneider. Or je n'ai retrouvé cette seringue au milieu des gravats de mon cabinet qu'en cours d'après-midi et je n'ai pas eu le temps de la stériliser. Chez les Schneider, il n'y a plus de quoi faire chauffer de l'eau.

Maman enfila rapidement un vêtement et partit à la cuisine faire bouillir la seringue dans une grande casserole d'eau. Le docteur eut un sourire gêné en montrant la seringue.

— C'est la seule qui soit restée intacte.

Voyant que l'eau commençait tout juste à frémir, il s'excusa :

— Il vaut peut-être mieux, en attendant, que je retourne auprès de la malade.

Maman approuva. Dès que l'eau eut bouilli, elle retira la casserole du feu.

— Toi, emporte le radiateur électrique ! me demanda-t-elle.

Entre-temps, je m'étais moi aussi habillé. Maman prit la casserole et nous montâmes tous les deux chez les Schneider.

Leur porte, totalement disloquée, avait été appuyée contre le mur, si bien qu'on entrait librement dans l'appartement. L'intérieur était plongé dans l'obscurité et obligeait à avancer à tâtons. Seule une lumière provenant de la chambre de M. et Mme Schneider diffusait une faible lueur dans les autres pièces.

En l'absence de porte, Maman toussota pour signaler sa présence. M. Schneider vint au-devant d'elle et la conduisit dans la chambre.

Quelle chambre ! Il y régnait un tel air de désolation : les fragments de ce qui avait été un lit étaient empilés sur l'armoire ; l'armoire elle-même avait perdu ses battants de porte. De toute façon, ils n'auraient pas servi à grand-chose étant donné que l'armoire était vide ; tout dans la pièce avait été cassé. Pour dégager le plancher, on avait repoussé les débris contre la cloison. Mme Schneider gisait au milieu sur une couche sans draps, faite de lambeaux d'étoffe, de rideaux en loques et de couvertures déchirées. La lampe, posée sur le sol, baignait d'une lumière chaude son visage convulsé.

— Mais on ne peut pas la laisser comme ça ! s'écria Maman, épouvantée. Venez, monsieur Schneider, on va transporter votre femme chez nous !

— C'est trop tard ! murmura le docteur en préparant la seringue.

M. Schneider se tenait dans l'ombre. On ne pouvait distinguer les traits de son visage. Frédéric était agenouillé à côté de sa mère et essayait de la faire boire dans une tasse ébréchée.

Le vent soufflant par les fenêtres brisées agitait faiblement les morceaux de toile d'un tableau.

Maman me fit signe de venir brancher le radiateur électrique. Mais l'unique prise était occupée par la lampe. Tandis que le docteur faisait une piqûre à Mme Schneider, je courus chez nous chercher une prise double.

Quand je revins dans la chambre, Mme Schneider était encore consciente. À ce moment-là, le docteur Lévy lui dit :

— Confessez vos péchés à votre mari !

Et M. Schneider d'implorer :

— Si tu m'entends, libère-toi !

Mme Schneider acquiesça faiblement. Le docteur nous conduisit, Frédéric et moi, hors de la pièce. Maman nous suivit. J'eus le temps de voir M. Schneider se pencher sur sa femme. À peine étions-nous sortis que nous l'entendîmes appeler d'une voix affolée :

— Docteur ! Frédéric !

Frédéric et le docteur revinrent précipitamment dans la chambre. Nous les suivîmes lentement et nous arrêtâmes à la porte.

Je vis le docteur Lévy, penché sur Mme Schneider, se relever, chercher son chapeau et le mettre sur la tête.

Le visage de Mme Schneider était blafard. Sa respiration était haletante. Subitement, elle se redressa en dodelinant de la tête, poussa un gémissement et porta ses mains crispées à sa poitrine.

Le docteur Lévy récita aussitôt une prière sur ce ton étrangement chantant :

> *Écoute, Israël, le Seigneur est notre Dieu,*
> *Et il n'y a qu'un seul Dieu !*

Maman croisa les mains.

Comme le docteur avant eux, M. Schneider et Frédéric se couvrirent la tête et prièrent avec lui :

> *Loué soit le nom de l'Éternel, aujourd'hui et à jamais !*
> *Loué soit le nom de l'Éternel, aujourd'hui et à jamais !*
> *Loué soit le nom de l'Éternel, aujourd'hui et à jamais !*

M. Schneider poursuivit seul, d'une voix étranglée par le désespoir.

Dieu seul est le Maître de l'Univers !
Dieu seul est le Maître de l'Univers !

Et il conclut, dans un murmure :

Dieu seul est le Maître de l'Univers !

Mme Schneider était retombée sur sa couche et gisait de nouveau, immobile. Après s'être penché sur son visage, le docteur Lévy eut un haussement d'épaules. Il se redressa, puis entonna avec M. Schneider et Frédéric :

Loué sois-tu, Juge de la Vérité !

À ces derniers mots, M. Schneider s'affala près de sa femme. Le corps secoué par les sanglots, il saisit des deux mains sa chemise et la déchira. Frédéric déchira aussi la sienne, puis se jeta en larmes sur le corps de sa mère. Le docteur Lévy sortit une bougie de sa poche et l'alluma à côté de la défunte.

21

Les lampes

1939

M. Schneider avait fait réparer à ses frais la porte de son appartement. Il avait dû de surcroît payer des dédommagements pour les pieds de rosiers desséchés du jardin de M. Resch, lesquels avaient souffert le jour où l'on avait jeté par la fenêtre des tiroirs entiers avec tout leur contenu.

Quelque temps après, je dus aller le voir. Je montai à l'étage et sonnai. J'entendis des pas traînants s'approcher ; la porte s'entrebâilla et M. Schneider glissa un regard méfiant à l'extérieur. Dès qu'il me reconnut, il tendit l'oreille vers la cage d'escalier, puis entrouvrit un peu plus largement la porte et m'attira en toute hâte dans le couloir. Il ne me salua qu'après avoir donné un tour de clef.

— Je voulais seulement vous remettre une lettre, mise par mégarde avec notre courrier, m'excusai-je.

M. Schneider opina sans mot dire. Quand il prit la lettre, je vis que ses mains tremblaient, et aussi qu'elles étaient sales ! Croisant mon regard, M. Schneider les frotta aussitôt au tablier à fleurs qu'il portait et bredouilla un « merci » quasiment inintelligible.

Nous nous tenions dans l'entrée, gênés l'un et l'autre. M. Schneider regardait l'enveloppe, mais ne se résolvait pas à l'ouvrir. J'avais très envie de m'en aller. Pourtant, je lui demandai :

— Frédéric est ici ?

— Il travaille, répondit M. Schneider en faisant un signe vers la cuisine.

Il me conduisit vers lui d'un air las, tenant toujours l'enveloppe à la main. La cuisine ressemblait à un magasin de lampes. Il y en avait partout, les unes couchées, d'autres posées ou suspendues. D'un côté, il y avait les sales, les tordues, les cassées ; de l'autre, on aurait dit qu'elles étaient neuves tant elles étaient en parfait état.

Frédéric était assis à la table. Devant lui, rangées à sa portée, se trouvaient des piles de rouleaux de fil de fer, de pots de colle, de pots de peinture, de produits de nettoyage, d'ampoules de différentes puissances. Dans la poche de son tablier, car lui aussi portait un tablier de cuisine, il avait toutes sortes de tournevis, de pinces et de couteaux.

— Mais qu'est-ce que tu fabriques ? lui demandai-je bêtement.

— Tu le vois bien, répondit Frédéric en souriant. On répare des lampes !

M. Schneider reprit sa place devant la table et commença le nettoyage d'une lampe rouillée. Tout le temps où je bavardai avec Frédéric, il resta juché sur son tabouret, le dos courbé, sans jamais quitter des yeux sa besogne.

— Comme Papa n'a plus le droit de travailler, m'expliqua Frédéric, il faut bien que je l'aide à subvenir à nos besoins. Papa fait le tour de toutes nos connaissances qui ont des lampes abîmées pour que nous les remettions en état.

En regardant Frédéric, je n'en finis pas de m'étonner. En quelques coups de tournevis, il démonta un lampadaire, vérifia en spécialiste le câble électrique, examina la jonction à la douille, resserra une vis. Après quoi, il remonta le tout, mit une nouvelle ampoule qu'il testa, hocha la tête d'un air satisfait et poussa l'objet sur un côté de la table. Puis il prit une applique. Mais il la tendit aussitôt à son père, lui faisant remarquer gentiment qu'il fallait la nettoyer davantage.

— Nos clients veulent du bon travail, m'expliqua-t-il. Or, s'ils sont satisfaits, ils nous recommanderont à d'autres. Et plus on a de lampes à réparer, mieux c'est.

Après un temps de silence, il me demanda :

— Tu ne connaîtrais pas des gens pour qui on pourrait travailler ? On travaille pour pas cher.

— Je demanderai autour de moi, promis-je.

Je me sentais mal à l'aise dans cette cuisine, froide et vide, face à M. Schneider et Frédéric. Je les trouvais tellement changés. J'avais l'impression d'avoir devant moi des étrangers. Alors, pourquoi prolonger ?

J'allais partir, quand je m'aperçus que je mettais le pied sur la lettre de M. Schneider, tombée par terre, et qu'il n'avait toujours pas ouverte. Je la ramassai et la lui tendis :

— Monsieur Schneider, votre courrier ! lui fis-je remarquer.

— Donne-la-moi ! dit Frédéric avec autorité en l'interceptant.

Je la lui remis. D'ailleurs, M. Schneider n'esquissa aucune protestation. Frédéric ouvrit l'enveloppe et, de ses doigts sales, sortit la lettre. Il n'avait lu que quelques lignes quand, soudain, je vis son visage se décomposer. Les yeux écarquillés, il fixait son père, l'air désemparé. Je sentis tout ce qu'il y avait de désespoir dans sa voix quand il lui annonça :

— M. Resch nous congédie !

M. Schneider se leva et pressa la tête de Frédéric contre lui.

— Je sais, mon garçon, tout cela est pénible, lui dit-il en lui passant affectueusement les doigts dans les cheveux. Mais ne t'inquiète pas. Tant que M. Resch ne prouve pas qu'il nous reloge ailleurs, nous ne risquons rien.

Assis à la table de la cuisine, Frédéric, malgré ses quatorze ans, pleurait comme un petit enfant. M. Schneider me prit par l'épaule et me conduisit jusqu'à la porte. Mais avant de me laisser sortir, il s'assura qu'il n'y avait personne dans la cage d'escalier. Puis il me serra la main et me laissa partir. Je m'apprêtai à descendre, quand M. Schneider fit un pas vers moi et me chuchota :

— Reviens bientôt nous voir !

Et d'une voix plus basse encore :

— Ne nous trahis pas, sinon ils vont nous prendre tout ce qui nous reste.

22

Le film

1940

Écrit en lettres gigantesques au-dessus de l'entrée du cinéma, on pouvait lire : *Le Juif Süss*. De chaque côté du titre, deux têtes de Juifs étaient représentées, l'une et l'autre avec barbe et longues boucles en papillotes sur les tempes. Le film en était à sa huitième semaine et continuait d'attirer un large public, dont des classes entières et des unités de police qui s'engouffraient dans la salle en rangs serrés. La guerre avait beaucoup restreint les distractions et le cinéma restait le meilleur des divertissements. De plus, on avait fait une telle publicité autour de ce film, dans la presse, à la radio, que tout le monde voulait le voir.

J'avais donné rendez-vous à Frédéric devant la vitrine d'une boutique de savons. Depuis que je faisais partie de la Jeunesse hitlérienne, on m'avait à plusieurs reprises rappelé à l'ordre parce que je fréquentais un Juif. On ne se rencontrait donc plus que dans des endroits où on ne risquait pas de croiser des gens de connaissance.

— J'ai déjà jeté un œil sur les photos, me dit Frédéric. Je suis vraiment content que tu m'emmènes voir ce film. Seul, je n'aurais pas osé y aller.

Tandis que Frédéric lisait les commentaires affichés sur des panneaux, je me rendis à la caisse, sur le côté. Sous le tableau des prix, il y avait un écriteau : INTERDIT AUX MOINS DE QUATORZE ANS. Je pris deux tickets. Il arrivait parfois qu'on nous demande de présenter en même temps la carte d'identité pour justifier de notre âge. C'était d'ailleurs ce que Frédéric redoutait. Quand bien même nous avions déjà quinze ans, lui et moi, la carte de Frédéric signalait qu'il était juif. Cette fois, fort heureusement, il n'en fut rien.

— Il n'y a pas eu de problème ? me chuchota Frédéric, en jetant un regard prudent autour de lui.

J'acquiesçai. Les deux tickets dans la main, je me dirigeai lentement vers l'entrée du cinéma, en prenant un air décontracté. Frédéric me suivait de près, s'arrangeant pour que je le masque au regard de la femme qui contrôlait l'accès. Elle non plus ne réclama pas les cartes d'identité. D'ailleurs, elle ne nous prêta même pas attention, se contentant de marmonner d'un ton monocorde : « À gauche, s'il vous plaît », et elle nous laissa passer.

Une fois dans le grand hall, Frédéric poussa un soupir de soulagement.

— Ce n'est pas que je me sente très à l'aise de voir

ce tissu de sottises, me dit-il. Mais j'ai quand même besoin de savoir.

Peu après, nous entrâmes dans la salle à demi éclairée où une jeune ouvreuse nous conduisit à une rangée de sièges. Frédéric la remercia très courtoisement. Elle lui répondit par un sourire. Nous étions en avance, ce qui nous permit de repérer deux bonnes places au milieu de la rangée, juste en face du rideau.

La salle était encore aux trois quarts vide. Pourtant Frédéric ne se résolut à s'asseoir qu'après avoir fait un tour d'horizon. Après quoi, allongeant les jambes, il commença enfin à se détendre et à goûter le confort du fauteuil.

— Il est capitonné ! me fit-il remarquer en connaisseur, après avoir passé la main dessus.

Sur ces entrefaites, une ouvreuse d'un certain âge, que nous n'avions pas encore vue, entra dans la salle et s'engagea dans l'allée que nous venions d'emprunter. La jeune ouvreuse décida alors de changer d'allée et choisit notre rangée pour gagner le côté opposé. Frédéric se leva pour lui faciliter le passage. De nouveau, elle lui adressa un sourire et le remercia d'un signe de tête.

— C'est la première fois, aujourd'hui, que je retourne au cinéma depuis la mort de Maman, me dit Frédéric à voix basse. Et pas pour voir n'importe quel film ! Je suis quand même content que Maman n'ait pas vécu tous les événements de ces deux dernières années. Ça va mal à la maison, et pas seulement en raison de la guerre.

Sans nous en rendre compte, la salle s'était peu à peu remplie et tous les sièges étaient maintenant occupés. En ce début d'après-midi, le public était essentiellement composé de jeunes.

La femme qui contrôlait les tickets venait de fermer la porte de la salle. Nous attendions tous l'extinction des lumières quand, soudain, le grand plafonnier s'alluma et une voix se fit entendre dans le haut-parleur :

— Nous prions tous les jeunes de bien vouloir sortir leur carte d'identité !

Aussitôt, les deux ouvreuses, la plus âgée à l'avant de la salle, la jeune à l'arrière, commencèrent à passer dans chaque rangée et à vérifier les cartes. Elles avaient déjà prié deux ou trois jeunes de sortir, sans vraiment susciter de remous.

Dès le début, Frédéric avait blêmi et n'arrêtait pas de s'agiter sur son siège. Son regard mesurait sans cesse la distance de l'ouvreuse à notre rangée. Je m'efforçai de le rassurer.

— Pourquoi tu t'inquiètes comme ça ? Elles vérifient seulement si on a au moins quatorze ans. Laisse-moi faire ; tu n'auras pas besoin de montrer ta carte.

Mais l'agitation de Frédéric était de plus en plus évidente et avait même attiré l'attention de nos voisins de siège. J'en étais gêné. Au bout d'un moment, il se pencha vers moi et, comme des filles qui se confient des secrets, il me chuchota à l'oreille :

— Il y a quelque chose que je ne t'ai pas dit. Nous n'avons plus le droit, nous autres Juifs, de mettre les pieds dans une salle de cinéma. Si les ouvreuses découvrent qui je suis, je serai obligé de partir. Mieux vaut que je file tout de suite. Aide-moi, s'il te plaît !

Quand l'ouvreuse contrôla l'allée, juste devant nous. Frédéric hésita encore. Mais dès qu'elle s'engagea dans la nôtre et ne fut plus qu'à quelques sièges de nous, il se leva tel un ressort, prêt à bondir vers la sortie.

— Halte-là ! lui cria-t-elle.

Frédéric essaya de forcer le passage, mais s'empêtra dans les jambes de nos voisins de rangée et l'ouvreuse réussit à le rattraper par l'épaule.

— Je connais ça par cœur ! clama-t-elle à qui voulait l'entendre. On se défile le temps du contrôle des cartes d'identité et, dès que la salle tombe dans le noir, on revient en douce !

Je m'étais levé pour voler au secours de Frédéric. Mais, déjà, l'ouvreuse le sommait de lui montrer sa carte d'identité.

— Après, ajouta-t-elle, tu pourras aller où bon te semble.

Au même moment, je m'interposai et lui tendis la mienne.

— La voilà ! dis-je.

— Ce n'est pas à toi que je parle ! me rétorqua la femme. C'est à lui, là !

Oubliant toute prudence, je répliquai :

— On est ensemble !

Je m'en voulus aussitôt après. Mais l'ouvreuse ne m'accorda même pas un regard. Frédéric était rouge écarlate et tremblait comme un malheureux.

— J'ai... j'ai oublié..., commença-t-il à bredouiller.

Entre-temps, la jeune ouvreuse s'était approchée de nous.

— Laisse donc ce garçon tranquille et ne fais pas tout ce branle-bas ! conseilla-t-elle à l'autre. Le film va commencer.

Mais Frédéric était à bout de nerfs.

— Je vous en supplie ! implora-t-il, laissez-moi partir. Je m'en vais de mon plein gré.

La femme, les poings sur les hanches et l'air goguenard, lui demanda :

— Y a quelque chose qui ne va pas ?

— Non, non ! s'empressa de répondre Frédéric.

Mais la femme le prenait déjà par le revers de sa veste et glissait la main dans sa poche intérieure.

— Et ça, qu'est-ce que c'est ? ricana-t-elle, en sortant l'étui de sa carte d'identité.

— Rendez-moi ma carte ! larmoya Frédéric. Je veux ma carte !

Et il essaya de la lui arracher des mains, mais la femme, l'air triomphant, recula pour qu'il ne puisse pas l'attraper. Frédéric s'agitait comme un forcené et la jeune ouvreuse essayait de le ramener au calme, tandis que la femme âgée vérifiait sa carte. D'un coup, le visage de cette dernière se figea.

— Suis-moi ! ordonna-t-elle à Frédéric, après lui avoir redonné ses papiers.

Ils se frayèrent un passage pour gagner une des allées latérales. Je les suivis. Tous les regards étaient braqués sur nous.

Une fois dans l'allée, l'ouvreuse prit Frédéric par le bras et l'entraîna hors de la salle. Quand nous fûmes dans le hall, elle lui parla comme à un enfant que l'on gronde.

— Il faut vraiment que tu en aies assez de la vie ! le sermonna-t-elle. Tu as donc envie de finir dans un camp de concentration ?

Derrière nous, les lumières s'éteignirent en même temps que retentissait la fanfare triomphale annonçant le début des actualités.

23

Des bancs verts et des bancs jaunes

J'étais dans le centre-ville, quand je vis surgir Frédéric devant moi.

— Tu as du temps à me consacrer ? me demanda-t-il avec précipitation. J'ai quelque chose à te confier et tu es la seule personne à qui je puisse parler. Avec Papa, c'est impossible. Non seulement, il ne peut pas comprendre, mais surtout ça fait belle lurette qu'il ne fait plus attention à ce que je lui dis. Je ne peux absolument pas garder ça pour moi, sinon je ne tiendrai pas. Mais je te promets, je n'en ai pas pour longtemps !

Et sans attendre ma réponse, il m'emboîta le pas et se mit à raconter :

— Ça a débuté il y a environ quatre semaines. Je devais aller en banlieue chercher une livre de pâtes qu'un ami nous avait promise. Je suis passé devant la vieille église, puis j'ai pris la rue bordée d'arbres dans laquelle le tramway tourne à gauche. Les arbres, rien que des tilleuls, étaient en fleur et embaumaient divinement. Je marchais droit devant moi, perdu dans mes pensées. Arrivé à la hauteur de la bâtisse en briques rouges, j'ai aperçu une jeune fille qui avançait lentement dans la même direction que moi.

Ce qui m'a d'abord frappé, c'était ses pieds. Ils étaient tout petits. Et pendant un bon moment, je l'ai suivie rien que pour voir sa façon de mettre un pied devant l'autre. Elle portait un filet à provisions, visiblement trop lourd pour elle. Et ce filet était rempli de pommes, de cette catégorie toute fripée. Je ne sais pas ce que j'aurais donné pour en avoir une. Je me suis dit : « Si une de ces pommes tombe du filet, je fais main basse dessus. » Au moment où je me formulai cette idée dans ma tête, le filet a craqué et tout son précieux contenu a roulé sur la chaussée. La jeune fille s'est aussitôt retournée, a porté les mains à la bouche et s'est exclamée : « Saleté de filet de guerre ! ». Je me suis immédiatement précipité pour l'aider à ramasser les pommes et les remettre dans son filet. Mais le filet lâchait de partout. Alors je lui ai proposé de le porter à deux jusque chez elle.

Elle s'appelle Helga. Son père est soldat. Elle travaille dans un jardin d'enfants. Ce jour-là, c'était son jour de congé et elle en avait profité pour aller à la campagne troquer des poignées pour casseroles, qu'elle avait elle-même tricotées, contre des pommes.

Quand on est arrivé devant chez elle, elle m'a regardé gentiment, m'a remercié, et en me disant « Au revoir ! », elle m'a offert une pomme. La pomme, je ne l'ai toujours pas mangée. Je la garde, en souvenir d'elle !

Après ça, j'ai filé à toute vitesse chez nos amis prendre les pâtes et, sur le chemin du retour, je me suis arrêté au jardin d'enfants pour demander à quelle heure il ferme.

Dès lors, j'ai été tous les soirs devant le jardin d'enfants et j'ai attendu. Chaque fois que Helga sortait, je m'arrangeais pour qu'elle me voie, et dès qu'elle m'apercevait, je lui disais « Bonjour ». Au début, elle ouvrait de grands yeux étonnés, ce qui la rendait encore plus jolie ! Et moi, chaque nuit, je rêvais d'elle.

Au bout d'une semaine, elle a accepté que je la raccompagne jusqu'à sa porte. Tu ne peux pas savoir comme j'étais heureux ! On ne parlait jamais beaucoup. Mais c'était si merveilleux de pouvoir marcher à son côté et de la voir de temps en temps me glisser un regard en coin. Helga ne savait rien de moi, si ce n'est que je m'appelle Frédéric Schneider. Si je lui en avais dit davantage, elle n'aurait plus voulu que je passe la prendre à la sortie du jardin d'enfants.

Il y a deux dimanches de cela, on s'est donné pour la première fois rendez-vous. On devait se retrouver au parc. Déjà, mon père se demandait ce que je pouvais bien avoir à faire tous les soirs, pour rentrer si tard. Mais ce fameux dimanche, quand il m'a vu me mettre sur mon trente et un, il a secoué la tête et m'a simplement dit : « Réfléchis à ce que tu fais, Frédéric ! » Puis il m'a laissé et je suis quand même allé à mon rendez-vous.

Le temps était magnifique. Les rosiers commençaient à fleurir. Il n'y avait quasiment personne dans le parc, si ce n'est quelques mères de famille poussant un landau dans les allées.

Helga portait une robe rouge foncé. Si tu imagines en plus ses cheveux noirs et ses yeux gris ! Chaque fois que je la regardais, j'avais comme un coup au cœur.

Je lui avais apporté un petit recueil de poèmes. Elle avait manifesté un tel plaisir que j'en étais confus. Tout en nous promenant dans le parc, Helga s'est mise à réciter des poèmes. Elle en connaissait beaucoup par cœur. Moi, j'essayais sans arrêt de l'entraîner dans des endroits à l'écart pour éviter le plus possible de tomber sur des gens.

Au bout d'un moment, Helga a souhaité s'asseoir. Là, je me suis sentis pris au dépourvu. Je pouvais difficilement lui dire non. Avant même de savoir ce que j'allais lui répondre, elle s'est tout bonnement assise sur un des bancs verts devant lequel nous passions. Je suis resté planté devant le banc, me balançant d'une jambe sur l'autre, sans oser m'asseoir. Je n'avais qu'une seule crainte : que des gens arrivent.

« Pourquoi tu ne t'assieds pas ? » m'a demandé Helga.

J'étais à court d'arguments. Elle a fini par dire : « Assieds-toi ! ». J'ai obtempéré. Mais je n'étais pas tranquille et je n'en finissais pas de bouger. Je me disais : « Si quelqu'un te reconnaît ? »

Mon agitation n'a pas échappé à Helga qui a alors sorti de sa poche une barre de chocolat et m'en a donné un morceau.

Ça faisait une éternité que je n'avais pas mangé de

chocolat. Mais j'étais si inquiet que je l'ai avalé sans plaisir et que j'ai même oublié de la remercier.

Le recueil de poèmes étalé sur ses genoux, Helga avait cessé de lire et m'observait du coin de l'œil. De temps en temps, elle me posait quelques questions. Je ne me souviens même plus ce que je lui ai répondu. Stationner sur ce banc me rendait malade.

Subitement, elle s'est levée, m'a pris par le bras et on s'est remis à marcher. À peine quelques mètres plus loin, il y avait un banc jaune, sur lequel était écrit : *Réservé aux Juifs*.

Helga s'est arrêtée devant le banc et m'a dit : « Est-ce que tu serais moins inquiet si on s'asseyait ici ? » J'en ai eu froid dans le dos. Je lui ai demandé : « Comment tu sais ? » Helga s'est assise sur le banc jaune et m'a répondu, le plus simplement du monde : « Je m'en suis doutée. »

Il n'empêche que je ne pouvais pas la faire rester sur ce banc pour Juifs. Alors je l'ai aidée à se relever et j'ai décidé de la raccompagner chez elle. Adieu, mon beau dimanche ! J'étais tellement déçu que j'en aurais pleuré. Mais j'étais beaucoup trop énervé pour continuer à bavarder avec elle comme si de rien n'était.

Helga, elle, est restée très naturelle, comme si le fait de sortir avec un Juif n'avait rien d'anormal. Elle a même glissé sa main dans la mienne et, pendant tout le trajet du retour, elle m'a parlé de plein de choses : d'elle et de sa famille, des enfants au jardin d'enfants, des vacances...

Quand on est arrivé devant sa porte, elle s'est arrêtée, m'a regardé un bon moment et a fini par dire :

« On se revoit dimanche prochain. Mais on ne retournera pas au parc. On prendra le tram et on ira au bois. Là-bas, il n'y a pas de bancs jaunes ! » Et sans me laisser le temps de répliquer ou de chercher à l'en dissuader, elle est entrée chez elle.

J'ai passé le reste de la soirée et une moitié de la nuit à errer en ville et je ne suis revenu à la maison que bien après le couvre-feu. Heureusement, je ne me suis pas fait prendre. Mais Papa m'a quand même passé un savon.

Toute la semaine, je me suis demandé si je devais ou non aller à ce rendez-vous. Quand le dimanche est arrivé, je n'y suis pas allé. Je ne pouvais pas faire autrement. Imagine que cette fille soit vue avec un Juif ! Elle risque l'internement.

24

Le rabbin

1941

Une tante nous avait fait cadeau d'un petit sac de pommes de terre. Le soir venu, j'aidai Maman à répartir et à ranger ce trésor. Il en resta une petite corbeille pour les Schneider. Quand Maman entendit des pas au-dessus de nos têtes, elle me demanda de leur emporter. Arrivé devant leur porte, je sonnai, puis attendis. Comme personne ne se manifestait, je sonnai une nouvelle fois. En l'absence de réponse, je revins chez nous.

— J'aurais juré qu'il y avait quelqu'un à l'étage du dessus ! me dit Maman. À moins qu'ils ne veuillent pas être dérangés. Enfin, si on entend monter dans les escaliers, tu retourneras voir.

Peu de temps après, je reconnus les pas de Frédéric dans l'escalier. J'attrapai au vol la corbeille de pommes de terre et me précipitai pour le rattraper. Mais avant même d'atteindre son palier, la porte de son appartement se referma derrière lui. Je poursuivis quand même ma montée et sonnai à nouveau chez lui. À nouveau, pas de réponse. Après une troisième tentative, je posai la corbeille par terre et me mis à tambouriner contre la porte. Cette fois, j'étais sûr d'une chose : il y avait quelqu'un dans l'appartement. Je criai :

— Frédéric ! Frédéric !

La porte finit par s'ouvrir. Mais à la place de Frédéric, j'eus M. Schneider devant moi. Il semblait furieux. Me tirant par le bras, il me propulsa brusquement à l'intérieur, sans même me laisser le temps de prendre la corbeille. Je dus ressortir pour la récupérer. Revenu dans le couloir, je m'excusai :

— C'est à cause des pommes de terre. Je voulais vous les remettre.

— Et c'est pour ça que tu fais tout ce tapage ! me tança vivement M. Schneider.

J'essayai de me justifier.

— J'ai dû sonner au moins une dizaine de fois, et personne n'est venu m'ouvrir. Pourtant, Maman et moi, on avait entendu du bruit, et comme j'étais sûr qu'il y avait quelqu'un chez vous, j'ai fini par frapper.

À ce moment-là, Frédéric arriva, me salua d'un signe de tête et me prit la corbeille des mains. Puis, s'adressant vertement à son père :

— Pourquoi t'emportes-tu contre lui ? Il me semble plutôt que tu devrais être content et même le remercier de nous avoir apporté des pommes de terre. Tu dois savoir ce que ça représente pour nous !

La réplique cingla.

— Qu'est-ce qui t'autorise, à ton âge, à me parler sur ce ton ? gronda son père.

Mais Frédéric renchérit :

— Ce n'est quand même pas de ma faute si tu perds la tête à tout propos !

M. Schneider vit rouge.

— S'il y en a un qui perd la tête ici, ce n'est pas moi, mais bien toi. Sinon tu ne parlerais pas comme tu le fais à ton père !

Il était si énervé qu'il en perdait le souffle.

— Si tu avais toute ta tête, tu ne hurlerais pas comme ça ! lui répondit Frédéric, sans changer de ton. Va ! Va donc à la fenêtre crier sur tous les toits ce qui te met dans des états pareils !

Décontenancé, M. Schneider balbutia d'une voix penaude :

— C'est plus fort que moi, je l'avoue. Ça me met les nerfs à bout. Mais j'ai peur. Je crève de peur !

Et les larmes lui montèrent aux yeux. Frédéric enchaîna perfidement :

— C'est ça ? Tu as peut-être envie de le jeter à la rue ? De le sacrifier pour retrouver ta tranquillité ? Beurk ! J'en ai la nausée.

M. Schneider se mit à pleurer. Frédéric regardait son père avec un mélange de tristesse et de colère. Ils avaient l'un et l'autre apparemment oublié ma présence.

C'est alors que la porte du salon s'ouvrit doucement et un vieil homme portant la barbe apparut. Dès qu'il m'aperçut dans le couloir, il eut un mouvement d'effroi. Mais se ressaisissant aussitôt, il dit posément :

— Il n'est pas question qu'on se dispute, ni qu'on ait peur à cause de moi. Je préfère m'en aller.

Presque simultanément, Frédéric et son père s'écrièrent :

— Non ! Surtout pas.

M. Schneider, déjà posté, bras écartés, devant la porte d'entrée, ajouta d'une voix ferme :

— Vous restez !

Le vieillard hocha légèrement la tête

— Maintenant, c'est trop tard.

Et me désignant, il ajouta :

— Il m'a vu !

D'un bond, Frédéric fut à mes côtés et riposta :

— Je réponds de mon ami ! Il se taira.

Mais l'homme à la barbe ne sembla pas convaincu.

— Il y a trop de gens dans la confidence, répondit-il. Je n'ai pas le droit de mettre leur vie en péril. Moi, je suis vieux, je saurai faire face. L'Éternel, que Son nom soit loué, m'assistera.

M. Schneider, qui avait recouvré ses esprits, nous obligea, le vieil homme, Frédéric et moi, à nous éloigner de la porte et nous fit entrer au salon.

— Cet homme, m'expliqua-t-il, est un rabbin très connu.

Minimisant d'un geste de la main cette remarque, le rabbin précisa :

— Je suis recherché. C'est pourquoi je me suis caché chez les Schneider. Mais ce n'est que transitoire. D'autres amis doivent prendre la relève.

Se plaçant devant moi, il me regarda droit dans les yeux et me dit :

— Tu sais ce qui m'attend si l'on m'attrape ? Si l'Éternel, que Son nom soit loué, m'accorde sa grâce, ce sera la mort. Sinon, ce seront des souffrances indicibles. Mais je ne suis pas le seul sur qui pèse cette menace. Il y a aussi tous ceux qui me cachent et m'hébergent.

Puis il dit encore :

— Je sais également ce qui peut t'arriver si tu ne nous dénonces pas. Ce serait terrible pour toi et d'aucun secours pour nous. Maintenant, toi seul en ton âme et conscience dois décider de mon sort. Si tu crains que ce fardeau soit trop lourd à porter, dis-le-moi pour qu'au moins nous sauvions Frédéric et son père. Si tu m'ordonnes de partir, je ne te maudirai pas.

M. Schneider, le rabbin et Frédéric avaient les yeux fixés sur moi. Ils attendaient. Je ne savais que répondre. Après tout, le rabbin n'était pour moi qu'un inconnu. Mon père et ma mère ne m'étaient-ils pas plus proches que ce Juif ? Devais-je, à cause de lui, menacer ma propre vie et celle de mes parents ? Saurais-je aussi porter le poids de ce secret au risque de vivre les mêmes souffrances que celles endurées par M. Schneider ?

Plus mon silence se prolongeait, plus l'anxiété grandissait sur les trois visages.

Je finis par dire tout bas :

— Je ne sais que faire ! Je ne sais vraiment pas !...

25

Les étoiles jaunes

La cage d'escalier était plongée dans l'obscurité. Je frappai doucement à la porte selon le signal convenu : un petit coup, une pause longue, deux petits coups, une pause brève, trois petits coups.

J'entendis des pas furtifs à l'intérieur de l'appartement. Quelqu'un vint vers la porte, tâtonna le long du montant ; le pêne tourna dans un léger craquement et une bande noire apparut entre le montant et la porte, allant en s'élargissant faiblement. Au moment où je chuchotai mon nom, la porte s'entrouvrit un peu plus. J'en profitai pour me glisser à l'intérieur et attendis dans le couloir sans lumière que la porte soit refermée derrière moi.

Une main, après avoir palpé ma manche, me saisit par le bras et m'entraîna. Je compris que c'était la main du rabbin. Nous avançâmes doucement jusqu'à la porte du salon. Là, le rabbin chercha la poignée, puis poussa la porte et nous entrâmes. Le salon était, lui aussi, dans le noir. Le rabbin prit alors un briquet et alluma une bougie.

Je fus immédiatement saisi par l'atmosphère de désolation qui régnait dans ce lieu : les fenêtres étaient masquées par une accumulation de toutes sortes de choses ; des taches claires sur les murs témoignaient encore de l'emplacement des meubles ; à même le plancher, il y avait un lit de fortune fait d'un ramassis de vieilles couvertures, d'un matelas éventré et de chiffons ; la table, au milieu, semblait être la seule pièce d'ameublement encore utilisable ; un chandelier de cérémonie en argent y était posé avec la bougie en train de brûler.

M. Schneider était assis à la table. Je m'enquis de Frédéric. M. Schneider eut un haussement d'épaules.

— Il est allé chez des amis ! me répondit-il. Il a dû être surpris par l'heure du couvre-feu, ce qui l'aura obligé à rester chez eux jusqu'à demain matin.

Le rabbin prit place à la table, lui aussi, et se pencha pour ramasser par terre un vieux manteau. Puis il me tendit une aiguille et du fil noir et me demanda :

— Peux-tu m'enfiler cette aiguille ? Tu as de meilleurs yeux que moi.

Tandis que je m'efforçais de faire passer l'extrémité du fil par le chas de l'aiguille, il me montra un tas d'étoiles jaunes, étalées devant lui.

— Nous en sommes de nouveau là, m'expliqua-t-il. Obligation nous est faite de porter une étoile jaune !

Ces étoiles jaunes, grandes comme la paume de la main et bordées de noir, devaient être cousues sur le côté gauche de la poitrine. Elles avaient la forme de l'étoile de David. Au centre était tissé, en écriture hébraïque, le terme *Juif*.

Aux mots du rabbin, M. Schneider se releva et, tel un comédien jouant sur scène un numéro, il suggéra devant moi une révérence, puis dénoua son grand châle qu'il prit le temps de suspendre à sa chaise. De la main droite, il me montra le côté gauche de sa poitrine. Sur son manteau était cousue une étoile jaune ! Ensuite, il déboutonna le manteau. Sa veste arborait une étoile jaune ! Il ouvrit la veste. Son gilet arborait, lui aussi, une étoile jaune !

— Jadis, ironisa-t-il, les Juifs devaient porter un chapeau jaune à bout pointu. Cette fois, c'est une étoile jaune. Nous voilà revenus au Moyen Âge !

— Et un de ces jours, ajouta le rabbin, peut-être va-t-on nous brûler... comme au Moyen Âge !

— Mais pourquoi ? m'étonnai-je.

— Pourquoi ? répéta le rabbin. Il est écrit dans le ciel qui sera élevé et qui sera rabaissé ! Le Seigneur, que Son nom soit loué, nous a choisis entre tous les peuples. C'est parce que nous sommes différents des autres, et uniquement pour cela, que l'on nous persécute et que l'on nous tue.

M. Schneider se rassit et m'invita à faire de même, en me montrant la caisse qui servait habituellement de siège à Frédéric.

Après avoir calmement lissé l'étoile qu'il venait de coudre, le rabbin posa l'aiguille sur la table, retira ses lunettes. Puis, le regard perdu par-delà la flamme charbonneuse de la bougie vers le fond sombre de la pièce, il se mit à raconter...

26

Salomon

Cette histoire remonte à des temps très anciens, commença le rabbin.

Un jour, les conseillers du roi se présentèrent devant lui et lui dirent : « Sire, depuis de nombreuses années tes fidèles soldats sont à ton service, mais leur solde est misérable, car ils n'ont eu ni guerres, ni émeutes qui leur auraient permis de prélever leur butin. Ils s'enferrent dans leur oisiveté, méditant à loisir leur sort injuste ! Ô Sire, désigne-leur un ennemi, afin qu'ils n'en viennent pas à retourner leur vindicte contre leur propre peuple. »

Ayant écouté attentivement ces paroles, le roi leur répondit : « S'ils sont autant avides de méfaits, je les autorise à s'en prendre aux Juifs ; choisissez-leur une des villes du pays et qu'ils la débarrassent de tous ces indésirables. Un tiers du butin sera pour moi ; ils se partageront le reste. »

Dans la ville choisie par les conseillers vivaient trois Juifs d'une grande piété : l'un d'eux s'appelait Schloime et sa femme, Gittel. Ils donnèrent au fils, né de leur union, le nom de Salomon. Tous les trois vénéraient Dieu et suivaient ses commandements. Or, des rumeurs parvinrent aux oreilles des parents, leur révélant les intentions du roi.

Schloime, le père, confia alors à Gittel, la mère de l'enfant : « À quoi bon fuir ? Nous sommes vieux l'un et l'autre ; à peine nous serions-nous quelque peu éloignés que l'on nous aurait déjà rattrapés et tués. Et même si nous aboutissions dans notre fuite, nous serions condamnés pour toujours à la misère. C'est pourquoi je te propose que nous vendions tout ce qui est encore en notre possession et avec cet argent, Salomon pourra acquérir les moyens nécessaires à sa propre sécurité. Un autre pays lui donnera asile et la paix du Seigneur lui sera accordée. Ainsi l'aurons-nous protégé. »

Inclinant la tête en signe de soumission, Gittel, la mère, répondit à Schloime : « Agis comme bon te semble : le Seigneur est infini et personne n'a encore jamais sondé Ses voies. »

Schloime et Gittel vendirent tous leurs biens, leur coffre avec les vêtements, et même ce qui leur servait de couche, et ils achetèrent à Salomon ce dont il aurait besoin pour son voyage. Ce dernier s'apprêtait à prendre congé de ses parents, lorsque les soldats du roi firent une entrée bruyante dans la ville.

Un vent de panique s'abattit sur les Juifs. Se jetant à genoux, ils implorèrent la grâce des hommes en armes. Mais la soif de butins étouffa toute compassion.

Les guerriers entraient dans les maisons, massacraient tout ce qui vivait ; ils profanaient les tombes, volaient gobelets d'argent, vaches dans les étables ; ce qu'ils jugeaient inutiles et sans valeur, ils le détruisaient ou y mettaient le feu.

Quand Schloime et Gittel entendirent les soldats s'approcher, ils cachèrent en lieu sûr leur fils Salomon, lequel ne se doutait de rien et, pour mieux le protéger, ils décidèrent d'attendre la troupe de pied ferme.

Or les soldats, souhaitant avant tout satisfaire leur besoin de rapine, fouillaient les maisons à la recherche de trésors. Quand ils entrèrent chez Schloime, ils lui ordonnèrent donc qu'il leur ouvre toutes les pièces de chez lui.

Schloime les conduisit sans protester de la cave au grenier ; il leur montra tout, excepté la cachette. « Nous sommes de pauvres vieux, leur disait-il, nous n'avons plus pour seul bien que cette maison. »

Ses affirmations laissaient les soldats incrédules, si bien qu'ils continuaient, mais en vain, de chercher. Ayant finalement le sentiment d'avoir été dupés, ils furent pris d'une rage folle, frappèrent à terre le malheureux Schloime, puis lardèrent Gittel de coups de sabre. Sitôt après, ils s'en allèrent pour d'autres prédations, de crainte d'avoir déjà perdu trop de temps.

Schloime, dont le corps se vidait de son sang, traîna jusqu'à la porte sa femme Gittel, laquelle hurlait de douleur, et d'une voix d'agonisant, il déclara : « Il n'y a qu'ici que nous est donné le droit de mourir. Qu'ici ! Et de plus, par notre mort, nous sauvons Salomon ! »

Acquiesçant faiblement, Gittel se couvrit le visage de ses mains ensanglantées et, d'une voix languissante, elle se mit à prier : « *Le Seigneur est tout-puissant. Que Sa patience soit éternelle !* », puis elle rendit l'âme.

Sentant que la vie aussi lui échappait, Schloime s'allongea en travers de la porte à côté de sa femme, barrant l'entrée de sa maison aux hordes de pillards. Et tandis que le sang jaillissait de son corps par saccades, le visage baigné de larmes, il adressa à Dieu cette prière :

Mon Dieu, mon Dieu, pourquoi m'as-Tu abandonné,
Et t'éloignes-Tu sans me secourir, sans écouter mes plaintes ?
Mon Dieu ! je crie le jour, et Tu ne réponds pas ;
La nuit, et je n'ai point de repos.
Pourtant Tu es le Saint,
Tu sièges au milieu des louanges d'Israël.
En Toi se confiaient nos pères ;
Ils se confiaient, et Tu les délivrais ;
Ils criaient à Toi, et ils étaient sauvés.
Et moi, je suis un ver, et non un homme...

Mais au milieu de la prière, il expira à son tour, et le sang qui s'écoulait de ses blessures se mêla en une même flaque à celui de Gittel. D'autres soldats du roi, toujours à la recherche de butins, crachèrent sur les morts, mais pas un n'essaya de franchir le seuil formé par les deux corps ensanglantés de Schloime et de Gittel. Terré dans sa cachette, Salomon échappa à la vue des pillards ; jusque dans la mort, les parents protégeaient leur fils.

La ville fut deux jours durant en proie à l'épouvante et à la mort. Le passage de l'armée de soldats était jonché de part et d'autre de monceaux de ruines fumantes et de cadavres humains.

Ce ne fut qu'après le départ des guerriers que le fils découvrit ses parents. Il réalisa alors leur sacrifice, celui de Justes qui donnèrent leur propre vie pour sauver la sienne. De ses mains marquées par la douleur, il leur prépara une tombe. Puis, afin d'honorer leur mort et de porter leur deuil, conformément au précepte divin, il s'accroupit par terre, les pieds nus, sept longues journées. Après quoi, fuyant sa patrie, il partit vers des contrées lointaines en quête de paix.

Pendant ce temps, les soldats du roi dans leur campement attendaient avec impatience de nouvelles directives qui les autoriseraient à dévaster une autre ville.

27

La rafle

Ce même jour, nous étions déjà couchés quand nous parvint du rez-de-chaussée un véritable vacarme, suivi d'une cavalcade dans les escaliers. Les pas s'arrêtèrent au second étage et des coups de sonnette intempestifs se firent entendre.

Comme vraisemblablement personne chez les Schneider ne se manifestait, il y eut des martèlements de poing contre leur porte et plusieurs voix d'hommes hurlèrent :

— Police ! Ouvrez.

Papa et Maman ne firent qu'un bond hors du lit. Après avoir jeté un manteau sur leurs épaules, ils se précipitèrent dans le couloir, moi sur leurs talons. Le cœur battant à tout rompre, nous collâmes l'oreille à la porte d'entrée. D'en bas, M. Resch criait :

— Un instant, je vous en supplie ! Ne défoncez

pas la porte ! J'ai un double de la clef. Je viens vous ouvrir.

Sitôt après, de sa démarche et de son souffle reconnaissables entre tous, il dépassa notre palier et se hissa péniblement jusqu'à l'étage suivant.

— Ce porc ! murmura alors Papa.

Dès que la porte des Schneider fut ouverte, un ordre claqua :

— Haut les mains !

Puis tout retomba dans le silence, seulement troublé par des allées et venues de bottes sur le plancher du dessus.

— Sortons sur le palier ! dit Papa.

Quelque temps plus tard, une première personne en loden vert et casquette à visière sur la tête redescendit, nous lançant au passage :

— Vous, déguerpissez d'ici !

Mais Papa nous retint, Maman et moi, par le bras et aucun ne bougea. Vint ensuite le rabbin, mains menottées, accompagné par un homme jeune. Après nous avoir adressé un regard, à Papa puis à moi, il baissa la tête et poursuivit sa descente. Peu après arriva un troisième individu de petite taille, en culottes de cheval, tenant M. Schneider par des menottes. Quand celui-ci aperçut Papa, il dit à voix haute :

— Vous aviez raison, monsieur...

Un coup de poing à la mâchoire fit gicler le sang de sa lèvre inférieure et son corps tituba. Il se tut. Au moment de s'éloigner, M. Schneider leva seulement une dernière fois les yeux vers nous, haussa les épaules d'un air résigné, puis se laissa emmener. La porte des

Schneider venait d'être fermée d'un tour de clef, quand les cris de M. Resch s'élevèrent :

— Il en manque un ! Vous en avez oublié un !

Une voix claire lui fit écho :

— Ne vous inquiétez pas ! On l'aura lui aussi.

L'homme à la voix claire, qui redescendait les marches à son tour, était svelte et élancé. Il tenait à la main un dossier rouge. Surpris de notre présence sur le palier, il pointa du doigt vers notre porte et nous cracha au visage :

— Vous n'avez rien à faire ici ! Rentrez chez vous.

Il n'y avait plus personne dans la maison, hormis M. Resch encore à la traîne dans les escaliers. Il n'avait sur lui que son pyjama. Quand il vit Papa, il se frotta les mains et, lui dit, le sourire aux lèvres :

— Enfin ! Nous voilà débarrassés de ce locataire encombrant. Et par-dessus le marché, ils ont mis la main sur un sacré oiseau !

Papa se détourna et nous poussa, Maman et moi, dans l'appartement. Il ferma si violemment la porte derrière lui que les vitres aux fenêtres en tintèrent.

28

Des vandales

Au cours de cette nuit, personne ne trouva le sommeil. Papa se retournait sans cesse dans son lit, Maman pleurait. Moi, je pensais à M. Schneider. Le lendemain matin, on se leva très tôt bien qu'aucun de nous n'eût à sortir.

— Il faut surveiller le retour de Frédéric avant qu'il ne rentre chez lui ! dit Maman.

— Tu as raison, dit Papa. Il faut d'abord le mettre au courant.

Maman avait la gorge trop nouée pour prendre son petit déjeuner. Papa ne but qu'un peu de café.

Comme j'étais chargé de monter la garde derrière la porte d'entrée, Maman m'installa une chaise dans le couloir et m'apporta des tartines. Tout en les mangeant, j'épiais les moindres bruits de la maison. Il y avait beaucoup d'agitation : des portes claquaient ; je percevais des pas. Mais ce n'était pas ceux de Frédéric. Je venais de reporter le plateau de mon petit déjeuner à la cuisine, quand nous entendîmes quelqu'un monter quatre à quatre les escaliers.

— C'est Frédéric ! murmura Maman, envahie soudain par l'angoisse.

Dans mon agitation, je ne savais pas où poser le plateau et finis par le lui mettre dans les mains.

— Cours vite ! me dit-elle précipitamment.

Je bondis à la suite de Frédéric.

L'escalier était vide. Il avait dû déjà rentrer chez lui. Arrivé devant la porte des Schneider, je la trouvai grande ouverte.

J'entrai dans l'appartement et tombai sur Frédéric, campé sur ses deux jambes dans l'encadrement de la porte du salon, le regard braqué sur M. Resch. Celui-ci, à genoux par terre, avait le visage tourné vers lui : un visage blême de peur ! Sa main droite était encore fourrée dans l'enveloppe du matelas, la gauche restait tendue vers Frédéric dans un geste de défense, l'une et l'autre comme suspendues en plein mouvement. Seuls les doigts tremblaient.

Il n'était pas difficile de reconstituer le fil des événements. Après avoir récupéré le sac à provisions de Mme Schneider, M. Resch l'avait rempli de livres de M. Schneider, ainsi que de deux lampes dont les extrémités dépassaient. Il avait dissimulé sous une couverture quantité d'autres choses. Les seuls objets visibles étaient les deux candélabres de cérémonie en argent, trop grands pour avoir pu trouver place dans le sac à provisions.

M. Resch avait visiblement inspecté papiers, photos, lettres, puis les avait jetés en vrac, car le plancher en était jonché. Près de la porte, attendant d'être embarquée, une caisse ayant servi de siège était pleine à ras bord d'appareils ménagers avec, posée dessus, la petite boîte à outils de M. Schneider.

Un étrange silence régnait dans la pièce, comme si on s'était même arrêté de respirer. Cette absence de bruit était d'autant plus oppressante qu'elle contrastait avec la vie montant par bribes du dehors : échanges de conversation, passages de voitures...

Mon cœur battait la chamade à en devenir fou. Je n'osais pas bouger. Le temps s'éternisait, immobile. Subitement, Frédéric cracha au visage de M. Resch et lui hurla :

— Vandale ! Vous n'êtes qu'un vandale !

Un filet de bave dégoulina lentement sur la joue de M. Resch, qu'il essuya aussitôt avec sa manche. Sa respiration se fit plus saccadée. Le sang lui monta au visage. Son corps se mit à vaciller. Il chercha à attraper un des candélabres, le manqua ; à la seconde tentative, il réussit à s'en saisir.

Frédéric, toujours campé en travers de la porte, ne broncha pas. Prenant des appuis, M. Resch se redressa péniblement et avança vers lui d'un pas chancelant, le candélabre d'argent brandi dans sa direction. Frédéric demeura impassible. Rassemblant ses forces, M. Resch éructa alors d'une voix étranglée par la rage :

— Au secours ! On m'assassine !

Frédéric fit un tour sur lui-même, calmement, sans hâte. C'est alors qu'il découvrit ma présence. Je voulus lui faire un signe, mais au même moment, M. Resch cria de plus belle :

— Un Juif ! Arrêtez-le ! Police !

Frédéric n'eut que le temps de m'adresser un regard entendu, puis, passant brusquement devant moi, il dévala les escaliers et sortit en toute hâte de la maison.

29

La photo

1942

Après un coup d'œil sur la pendule, Papa fit observer :
— Ils seront là dans une heure !

Puis il prit son journal. Les trois petites valises, remplies de ce que nous avions de plus précieux, étaient posées près de la porte, prêtes à être emportées. Nos manteaux étaient posés sur le dossier d'une chaise.

— Ne souhaiterais-tu pas en profiter pour faire un petit somme ? demanda Maman.

— Non, répondit Papa. Je me reposerai plus tard.

Le silence retomba, seulement meublé par le tic-tac de la pendule. Je me replongeai dans mon livre. Soudain, je perçus un léger bruit. Je tendis l'oreille. Apparemment, j'étais le seul à avoir entendu quelque chose. Il y en eut un autre, comme si on frappait discrètement à la porte. Cette fois, Papa leva les yeux de son journal.

— C'est chez nous qu'on frappe ! dis-je.

Retenant notre souffle, nous restâmes attentifs. Le même bruit se reproduisit.

Sautant sur mes jambes, je m'exclamai :
— C'est Frédéric !
— Toi, tu restes ici ! objecta Papa en me forçant à me rasseoir. Ta mère va aller voir.

Maman s'éloigna à pas feutrés. Quand elle revint au salon, elle était effectivement avec lui. Frédéric avança vers nous, le cou engoncé dans le col remonté de son manteau, un manteau entièrement raidi par la boue ! Quand il nous tendit la main, à Papa et à moi, pour nous saluer, je vis qu'elle aussi était noire de crasse. Il resta tout un moment planté sans rien dire près de la table, les yeux hagards, comme quelqu'un aux abois. Il finit par murmurer :

— Je reviens tout de suite.
— Tu commences par t'asseoir ! lui ordonna Papa.

Mais Frédéric protesta. Il ne voulait pas non plus retirer son manteau. Quand il se résolut enfin à le faire, je fus frappé par les plaques de boue également collées à sa veste et à son pantalon ; de plus, il n'avait même pas de chemise. Voyant que Maman quittait le salon, il sursauta de peur.

Papa ne disait rien, ne posait aucune question, mais son regard encourageait Frédéric à parler. Il fallut beaucoup de temps avant qu'il ne se décide. D'une voix hachée, il commença à raconter :

— J'ai trouvé un endroit où me cacher... Mais je ne veux pas dire où ! ajouta-t-il aussitôt, un ton plus haut.

— Rien ne t'y oblige, le rassura Papa.

— C'est épouvantable... Tout seul... Je ne peux penser qu'au passé... Mais j'ai oublié tant de choses... Je ne peux même plus me représenter Papa et Maman avec exactitude... Je n'ai plus rien qui me les rappelle... J'ai même dû vendre la montre... Voilà tout ce qui me reste !

Et Frédéric sortit de la poche intérieure de sa veste le capuchon gravé à son nom du stylo offert par M. Neudorf, le jour de ses treize ans.

— L'autre partie a disparu, expliqua-t-il, en caressant délicatement le capuchon. Peut-être est-elle tombée de ma poche.

Quand Maman revint dans la pièce, il tressaillit de nouveau. Elle posa devant lui une grosse tartine abondamment garnie et attendit, debout, à côté de lui. Frédéric mangeait si goulûment, qu'elle repartit dans la cuisine.

Frédéric s'était jeté sur la tartine, oubliant même de remercier. Il n'avait plus d'yeux que pour le morceau de pain qu'il dévorait, quasiment sans prendre le temps de mâcher. Arrivé à la dernière bouchée, il ramassa scrupuleusement les miettes restées dans l'assiette.

Maman lui apporta deux autres tartines qu'il engloutit à la même vitesse. Après quoi, il se remit à parler.

— J'ai besoin d'une photo de Papa et Maman... Si je suis venu chez vous, c'est uniquement parce que je sais que vous en avez une... Cette photo prise autrefois, le jour de la rentrée, sur ce cheval démesurément long... Vous avez, vous aussi, la photo... Je vous en prie, offrez-la-moi !

Et il se tut. Papa se mit à réfléchir.

— Elle ne peut être que dans la grande boîte ! dit Maman.

Elle fila aussitôt prendre dans l'armoire l'énorme boîte à pralines que Papa lui avait offerte pour leur dixième année de mariage. C'était juste après qu'il avait retrouvé un travail. En ouvrant la boîte, toutes les photos qui étaient sur le dessus glissèrent sur la table.

— Je vais faire vite, dit Papa.

Au fur et à mesure qu'il triait les photos, il les plaçait dans le couvercle.

— Pendant ce temps, viens avec moi, Frédéric ! dit Maman.

Elle lui avait préparé un bain chaud et lui avait apporté des vêtements qui m'appartenaient. Frédéric commença par refuser, mais n'osa pas insister, et il suivit Maman dans la salle de bains. La boîte contenait des centaines de photos, de cartes postales et de cartes de vœux.

J'avais proposé à Papa de l'aider. Nous n'en étions pas à la moitié quand, subitement, les sirènes se mirent à hurler. Frédéric sortit en trombe de la salle de bains en bredouillant, paniqué :

— Et moi, que dois-je faire ?

— D'abord finir de t'habiller ! répondit Papa.

D'une main tremblante, Frédéric boutonna docilement sa chemise propre et se donna un coup de peigne.

— Emmenons-le avec nous dans l'abri ! déclara Maman.

— Il n'en est pas question ! trancha Papa. Tu veux que M. Resch nous fasse arrêter ?

— Nous ne pouvons quand même pas le mettre à la rue dans des conditions pareilles ! plaida Maman. Regarde l'air qu'il a !

— Eh bien, le mieux, c'est qu'il reste dans l'appartement. Ce n'est jamais qu'une nouvelle alerte. Je pense qu'il ne se passera rien. Il n'a qu'à nous attendre ici. On reprendra, après, la recherche de la photo.

Frédéric accepta sans un mot, mais l'effroi se lisait dans ses yeux.

— Surtout, tu n'allumes aucune lumière ! lui rappela Papa.

Chacun de nous prit une valise et partit en direction de l'abri antiaérien. Dehors, la D.C.A.[1] tirait déjà. Des projecteurs fouillaient le ciel. On entendait le vrombissement des avions et le sifflement des obus qui tombaient. Soudain, deux fusées éclairantes se déployèrent au-dessus de nous : on aurait dit des arbres de Noël.

---

1. La D.C.A. est l'abréviation de « Défense Contre Avions ».

30

Dans l'abri antiaérien

En arrivant devant la porte de l'abri antiaérien, nous la trouvâmes fermée. Papa posa sa valise et fit tourner le levier métallique, mais celui-ci était bloqué de l'intérieur. Alors il se mit à tambouriner contre la lourde porte.

M. Resch nous ouvrit. Il portait le casque en acier et le brassard qui le désignaient comme agent de la Défense antiaérienne.

— Il est plus que temps ! maugréa-t-il.

Papa ne répliqua pas. Après avoir emprunté le boyau, nous arrivâmes à l'abri proprement dit et saluâmes l'assistance d'un : « Heil Hitler ! » Personne ne répondit.

Il y avait des femmes et des vieillards assis un peu partout, les yeux clos. Certains s'étaient allongés sur les bancs. Tous avaient près d'eux un bagage. Deux femmes se tenaient recroquevillées dans un coin avec de jeunes enfants qui pleurnichaient sans bruit. Dans un autre coin, un couple d'amoureux se tenait étroitement enlacé ; l'homme était adjudant.

Nous retrouvâmes notre place à côté de la bouche d'aération et chacun de nous serra sa valise entre ses jambes. Papa s'adossa contre la paroi humide et ferma les yeux.

— Ce n'est pas comme ça que tu te débarrasseras de ta toux ! lui fit remarquer Maman.

Papa se redressa aussitôt.

— De toute façon, je ne peux pas dormir ! gémit-il.

— Je veux bien te croire, lui répliqua-t-elle.

M. Resch, en bon agent de la Défense, arpentait l'abri.

— Eh bien, camarade, on est en permission ? demanda-t-il à l'adjudant.

Le jeune homme sursauta.

— Oui ! répondit-il, en rectifiant sa position.

— Aujourd'hui encore, on va leur montrer de quel bois on se chauffe ! poursuivit M. Resch d'un ton goguenard. Vous avez lu dans le journal ? Trente-cinq bombardiers ennemis encore abattus hier !

L'adjudant ajouta dans un sourire :

— Oui, et en échange, il en viendra aujourd'hui trois cent cinquante autres... et demain, un millier.

M. Resch toussota pour se donner une contenance. Puis il se détourna sans un mot et repartit dans le boyau. L'adjudant reprit sa bien-aimée dans les bras.

Dehors, les tirs de la D.C.A. s'intensifiaient, faisant entendre un son étrangement creux. C'étaient des tirs ininterrompus, dont les roulements incessants passaient au-dessus de nous. Aux coups de canon se mêlait l'éclatement des bombes, tantôt isolées, tantôt plusieurs à la suite. Soudain, elles explosèrent par centaines et la cave en vibra.

— Le pauvre garçon ! soupirait Maman à voix basse.

— Hum ! se contentait de dire Papa.

M. Resch regagna l'abri antiaérien et verrouilla aussi la seconde porte. De nouvelles bombes tombèrent, si près cette fois, qu'elles ébranlèrent fortement les parois de l'abri. Dans l'instant qui suivit, on perçut des martèlements répétés contre la porte extérieure.

— Qui peut venir si tard ? demanda M. Resch, prenant le temps de jeter un regard à la ronde.

— Qu'attendez-vous donc pour ouvrir ! se mit à hurler l'adjudant.

Sans un mot, M. Resch se résolut à débloquer la porte de la cave où nous étions terrés. Du dehors nous parvinrent alors plus distinctement des appels éplorés.

— Je vous en prie, je vous en prie, laissez-moi rentrer ! *Je vouous en priiie !*

Un cri s'échappa de la bouche de Maman :

— C'est Frédéric !

— Ouvrez ! Ouvrez ! répétait inlassablement la voix épouvantée. Je vous en supplie !

Quand M. Resch se décida enfin à ouvrir la lourde porte extérieure, laissant entrer jusqu'à nous les crépitements d'un véritable déluge de feu, il tomba sur Frédéric, mains jointes et à genoux. Frédéric se précipita aussitôt à quatre pattes à l'intérieur du boyau en hurlant :

— J'ai peur ! J'ai peur ! J'ai tellement peur !

Au même moment, la déflagration d'une bombe referma violemment la porte derrière lui. Revenu de sa surprise, M. Resch lui rugit aussitôt :

— Fiche le camp d'ici ! Si tu t'imagines qu'on va te laisser entrer dans l'abri ?

Le temps de retrouver son souffle, il reprit :

— Fais ce que je te dis. Déguerpis immédiatement !

À ces mots, l'adjudant se précipita dans le boyau.

— Êtes-vous devenu fou ? Vous ne pouvez quand même pas renvoyer ce garçon sous une attaque pareille !

M. Resch chercha à se justifier.

— Savez-vous seulement à qui vous avez affaire ? *À un Juif !*

— Et alors ? rétorqua vivement l'adjudant. Quand bien même ce serait un chien galeux, laissez-le rentrer jusqu'à la fin de l'attaque !

Un concert de voix fit chorus avec lui.

— Qu'il le laisse rentrer ! criait-on de toutes parts.

— Qu'est-ce qui vous prend ? s'emporta M. Resch, en s'en prenant à l'adjudant. Mêlez-vous plutôt de ce qui vous regarde ! Qui est ici agent de la Défense antiaérienne, vous ou moi ? Vous devez obéir à mes instructions, un point c'est tout ! Sinon, vous allez voir.

Visiblement ébranlé par les paroles de M. Resch, l'adjudant regarda longuement Frédéric. Tous les gens de l'abri s'étaient tus. Seul le vacarme assourdissant du dehors remplissait l'espace. Frédéric était toujours à quatre pattes dans le boyau. Son visage était blême, mais il avait retrouvé son calme.

— Va-t'en, gamin ! Pars de toi-même ! finit par lui dire l'adjudant à voix basse. Sinon, tu vas nous attirer des ennuis.

M. Resch entrouvrit la lourde porte extérieure et Frédéric repartit sans un mot. Tirs et explosions tonnaient dans le ciel sans jamais faiblir. On entendait même le sifflement des bombes et le chuintement des explosifs incendiaires avant de tomber. Maman sanglotait sur l'épaule de Papa.

— Ressaisis-toi ! suppliait Papa. Tu vas nous porter malheur.

31

Fin

31

Fin

En quittant l'abri après l'attaque, nous fûmes plongés dans une atmosphère brûlante et suffocante à la fois. Le ciel était comme embrasé. Les flammes continuaient de s'échapper des combles et des ouvertures de fenêtres. Des amoncellements de décombres fumaient encore. La rue était jonchée de bris de verre et de tuiles cassées. Çà et là, on tombait sur des restes d'explosifs qui avaient manqué leur cible.

Des femmes, écrasées par le chagrin, pleuraient devant des maisons réduites à néant d'où montaient encore d'épais nuages de poussière, faite de tuiles et de mortier réduits en poudre.

Un homme gisait mort près d'un jardin. Quelqu'un lui avait recouvert le visage avec un jupon déchiqueté.

Soutenant Maman, nous cherchions notre chemin au milieu de ces ruines. M. et Mme Resch s'étaient joints à nous. Près de notre domicile, une bombe avait éventré la chaussée. Mais la maison était toujours debout, bien que très endommagée : le toit était à moitié détruit et toutes les vitres des fenêtres étaient brisées.

Dès que nous pénétrâmes dans le jardin, M. Resch se précipita sur la pelouse et souleva Polycarpe, le nain de jardin. La pointe de son bonnet avait été sectionnée par un éclat de bombe. M. Resch se mit à sa recherche. Quand il la retrouva dans l'obscurité rougie par cette nuit de feu, il dit à Papa :

— C'est vraiment dommage ! J'essaierai de la recoller.

Maman était trop angoissée pour prêter attention à de telles futilités ; elle cherchait des yeux Frédéric. C'est alors qu'elle l'aperçut, recroquevillé dans la pénombre de l'entrée. Il avait les paupières closes ; son visage était livide. À sa vue, Papa ne put s'empêcher de lui hurler :

— Mais tu es fou de rester là !

Stupéfait, M. Resch remarqua, lui aussi, la silhouette. Papa s'immobilisa aussitôt dans la petite allée. Il ne savait que faire. Sans plus attendre, M. Resch avait écarté sa femme et, serrant toujours le nain de jardin dans ses bras, il marchait droit sur Frédéric.

— Fous-moi le camp ! lui sifflait-il de loin entre ses dents. Si tu crois être à l'abri d'une arrestation parce que la ville est sens dessus dessous ?

Maman mit dans son cri toute l'énergie du désespoir.

— Vous ne voyez donc pas qu'il a perdu connaissance ?

M. Resch la regarda avec un sourire ironique.

— Ne vous inquiétez pas ! Je me charge de lui faire reprendre rapidement ses esprits. Par contre, je m'étonne de la compassion dont vous faites preuve à l'égard des Juifs ! Vous, la femme d'un membre du parti ?

Papa tira Maman par la manche qui se masqua aussitôt le visage.

Arrivé près de Frédéric, M. Resch lui décocha un tel coup de pied que le corps roula sur les dalles. De la tempe droite, du sang s'écoulait jusqu'au col.

Ma main se crispa sur les rosiers pleins d'épines.

— Avec ce qui l'attendait, qu'il s'estime heureux d'être mort comme ça ! déclara cyniquement M. Resch.

ANNEXE

ANNEXE

Notes complémentaires sur certains faits historiques et sur la religion et les rites judaïques

Prologue

La première dévaluation monétaire commença en août 1922. Jusqu'en novembre 1923, la valeur de l'argent ne cessa de décroître. En raison de cette dévaluation, beaucoup d'Allemands furent réduits à la plus grande pauvreté. À cela s'ajouta un nombre croissant de chômeurs. En 1932, leur nombre dépassa les 6 millions, et même les mois fastes, ce nombre ne descendit pas au-dessous de 5 millions.

Les galettes de pommes de terre

Les Juifs sont circoncis. C'est au cours de cette cérémonie qu'ils reçoivent leur prénom.

La visite de Grand-père

Les Juifs les plus attachés aux dogmes religieux gardent généralement la tête couverte, même à l'intérieur d'une pièce. Par contre, tous observent ce rite lors d'une prière ou d'un un office religieux, en signe de crainte de Dieu et de reconnaissance de sa présence.

Dans sa tirade contre les Juifs, le grand-père recourt à des arguments souvent rebattus dans la bouche de chrétiens.

Vendredi soir

Pendant le sabbat, on ne peut qu'alimenter le feu dans le poêle. Il est également interdit, ce jour-là, d'allumer les lumières. Seuls sont autorisés les chandeliers (au moins au nombre de deux) pour éclairer les intérieurs.

Un samedi, au retour de l'école

Les Juifs se différencient selon les pays d'où ils viennent. C'est ainsi que ceux vivant en Allemagne ou dans les pays de l'Est se désignent sous le nom d'Askenazes. Par contre, les Juifs originaires d'Espagne sont appelés les Sépharades.

L'anneau de cuir

Les enfants étaient dès l'âge de sept-huit ans embrigadés dans des organisations politiques, le *Deutsches Jungvolk*, puis la *Hitlerjugend*. Elles étaient très hiérarchisées et de formation paramilitaire.

Jusqu'en 1933, il y eut de nombreux affrontements sanglants entre les membres de la Jeunesse hitlérienne et ceux d'autres Partis, tout particulièrement du Parti communiste allemand.

Le maître d'école

De telles atrocités, comme en montre ce récit, sont surtout signalées au Moyen Âge, au moment des persécutions espagnoles contre les Juifs. Mais les persécutions qui eurent lieu durant les Croisades en France, en Pays rhénan et plus tard en Russie ne leur cèdent en rien.

Les raisons des persécutions religieuses n'étaient pas toujours d'ordre religieux et l'exaltation collective y prenait une large place. De cela, il ressort qu'un grand nombre d'évêques, mais aussi de princes, offraient aux persécutés asile et protection.

La mise en garde

M. Schneider reprend ici l'explication, déjà développée par M. Neudorf, le maître d'école, sur la croyance judaïque selon laquelle Dieu établira un jour son royaume parmi eux. Mais son règne sera précédé de temps tragiques et douloureux. D'où cette acceptation des souffrances passées et à venir chez tout homme de foi.

Les treize ans de Frédéric

Dès ses treize ans, un garçon juif est reçu par la communauté religieuse. Cette fête correspond à la « confirmation » chez les chrétiens.

La synagogue est appelée *Schul* en yiddish. C'est en effet davantage un lieu où est prodigué un enseignement qu'un lieu de dévotion.

Le sabbat se dit *Schabbes* en yiddisch, langue germanique parlée par les Juifs. *Gutes Schabbes* pourrait se traduire par : « Bonne fin de semaine ! »

Le rabbin n'est pas un prêtre, mais un enseignant et un

commentateur des lois religieuses. Les prêtres juifs ont disparu après la destruction du Temple de Jérusalem.

Le mouvement de balancement du corps traduit une prière fervente : le Juif prie corps et âme.

Au cours d'une cérémonie religieuse, les femmes sont séparées des hommes et prennent place, soit en haut d'un balcon, soit sur un des côtés de la synagogue. On considère qu'une femme juive, en raison de ses obligations ménagères, est dispensée des devoirs religieux.

La cérémonie religieuse n'est pas célébrée par le rabbin, mais par des membres de la communauté qui sont alternativement désignés pour lire des extraits de la Thora.

Frédéric souhaite à ses parents de vivre cent vingt ans, se référant à Moïse, lequel est mort à l'âge de cent vingt ans.

Le professeur de gymnastique

L'éducation physique faisait partie des moyens d'embrigadement de la jeunesse.

La Mort

Selon le rite judaïque, la confession des péchés d'un agonisant peut être également reçue par un laïque.

Déchirer ses vêtements à la mort d'un proche est un acte de deuil.

La bougie placée près d'un défunt renvoie à un passage des Proverbes (20, 27) : « *Le souffle de l'homme est une lampe de l'Éternel ; il pénètre jusqu'au fond des entrailles.* »

Le cinéma

Le film *Le Juif Süss* était un film de propagande nazie, donnant des Juifs une image caricaturale et négative afin de préparer le terrain d'une politique antisémite déjà en marche.

Les étoiles jaunes

Depuis des temps immémoriaux, une étoile à six branches, dite étoile de David, est le symbole du judaïsme. Elle est faite de deux triangles isocèles.

Table chronologique

1933
30 janvier — Hitler devient chancelier du Reich.
24 mars — Le Reichstag donne les pleins pouvoirs à Hitler.
28 mars — Ordonnance organisant le boycott des magasins juifs.
7 avril — Mise en disponibilité des fonctionnaires juifs, excepté les militaires.
21 avril — Les sacrifices rituels judaïques sont dorénavant interdits.
16 juin — À cette date, près de 500 000 Juifs vivent en Allemagne.
14 juillet — Les Juifs pourront être privés de la nationalité allemande.

1934
Opération « *Les Juifs sont indésirables* » lancée dans tout le pays.

1935
6 septembre — Interdiction de vendre des journaux juifs dans la rue.

15 septembre	Seuls les sujets de sang allemand pourront devenir « citoyens du Reich ». Lois de Nüremberg « *pour la protection du sang et de l'honneur allemands* » : – Interdiction faite aux Juifs d'avoir pour domestiques des Allemands ayant moins de quarante-cinq ans. – Le mariage entre Juifs et citoyens de sang allemand est interdit. – Tout Allemand enfreignant ces lois encourt de lourdes amendes, voire l'emprisonnement dans des camps.
30 septembre	Licenciement de tous les fonctionnaires juifs.

1936

7 mars	Les Juifs n'ont plus le droit de vote.
1er août	Ouverture des jeux Olympiques de Berlin. Durant les jeux, les inscriptions antisémites sont enlevées pour donner l'impression d'un climat serein.

1937

2 juillet	Limitation plus stricte du nombre des élèves juifs dans les écoles.
16 novembre	Un visa pour l'étranger n'est délivré aux Juifs qu'à titre exceptionnel.

1938

13 mars	Entrée des troupes allemandes en Autriche.
26 avril	Les Juifs doivent faire auprès des autorités un relevé de leurs biens.

6 juillet	Interdiction faite aux Juifs d'exercer certains métiers, tels que : agent de change, agent matrimonial, guide touristique...
23 juillet	A partir du 1.1.39, les Juifs devront avoir sur eux leurs papiers d'identité.
25 juillet	A partir du 1.1.39, les médecins juifs ne seront plus que des aides-soignants.
27 juillet	Toutes les rues portant un nom juif seront débaptisées.
17 août	Obligation pour les Juifs d'ajouter sur leurs papiers le prénom d'Israël pour les hommes et de Sarah pour les femmes.
5 octobre	Les passeports juifs seront marqués d'un J.
28 octobre	Près de 15 000 Juifs « sans citoyenneté allemande » seront expulsés en Pologne.
8 novembre	Premiers excès contre les Juifs.
9-10 novembre	La « Nuit de cristal » : Pogrom de grande envergure au cours de cette nuit. Première déportation de 30 000 Juifs dans les camps de concentration.
11 novembre	Interdiction faite aux Juifs d'avoir ou de porter des armes.
12 novembre	Amende expiatoire de 1 milliard de marks infligée à toute la communauté juive, pour réparation des dégâts survenus au cours de la Nuit de cristal. Interdiction faite aux Juifs de diriger un commerce ou une usine. Leur sont également interdits les théâtres, les cinémas, les salles de concert et d'exposition.

15 novembre	Exclusion des écoles allemandes de tous les enfants juifs.
23 novembre	Dissolution de toutes les sociétés et entreprises juives.
28 novembre	Limitation du droit de libre circulation des Juifs sur l'étendue du territoire allemand.
3 décembre	Retrait du permis de conduire de tous les Juifs.
	Obligation faite aux Juifs de remettre aux autorités leurs valeurs ainsi que leurs bijoux.
8 décembre	Exclusion des universités de tous les étudiants juifs.

1939

15 mars	Entrée des troupes allemandes en Tchécoslovaquie.
30 avril	Les Juifs ne pourront plus bénéficier de la loi protégeant les locataires.
17 mai	215 000 Juifs vivent encore en Allemagne.
4 juillet	Les Juifs doivent se constituer en une « Union juive du Reich ».
1er septembre	Début de la Seconde Guerre mondiale. Entrée des troupes allemandes en Pologne.
	Les Juifs ne sont plus autorisés à sortir de chez eux à partir de 21 heures en été et de 20 heures en hiver.
21 septembre	Pogrom contre les Juifs en Pologne.
23 septembre	Tous les Juifs doivent remettre leurs postes de radio à la police.

12 octobre	Déportation de Juifs autrichiens en Pologne.
19 octobre	L'amende collective imposée aux Juifs est portée à 1,25 milliard ; la dernière échéance de paiement est le 15 novembre 1939.
23 novembre	Port obligatoire de l'étoile jaune pour les Juifs en Pologne.

1940

6 février	Suppression des cartes d'habillement pour les Juifs.
12 février	Première déportation des Juifs allemands.
29 juillet	Les Juifs n'ont plus le droit d'avoir chez eux de téléphone.

1941

12 juin	Les Juifs doivent se désigner comme « sans religion ».
31 juillet	Début des mesures « d'extermination ».
1er septembre	Port de l'étoile jaune obligatoire pour tous les Juifs.
	Interdiction leur est faite de quitter leur quartier résidentiel sans autorisation de la police.
14 octobre	Début des déportations massives hors d'Allemagne.
23 octobre	Interdiction absolue pour les Juifs d'Allemagne de quitter le pays.
26 décembre	Interdiction faite aux Juifs d'utiliser le téléphone public.

1942

1ᵉʳ janvier	130 000 Juifs vivent encore en Allemagne.
10 janvier	Confiscation de tous les lainages et fourrures des Juifs.
17 février	Les Juifs n'ont plus le droit de s'abonner à un journal ou à une revue.
26 mars	Une étoile jaune devra figurer à côté du nom sur les plaques des logements occupés par des Juifs.
24 avril	Interdiction leur est faite d'utiliser les transports en commun.
15 mai	Interdiction leur est faite de posséder chiens, chats, oiseaux, etc.
29 mai	Interdiction leur est faite d'aller chez le coiffeur.
9 juin	Les Juifs devront remettre aux autorités tous leurs vêtements qui ne sont pas de première nécessité.
11 juin	Suppression de la carte de tabac pour les Juifs.
19 juin	Les Juifs doivent remettre leurs appareils électriques et optiques, leurs machines à écrire et leurs bicyclettes.
20 juin	Fermeture de toutes les écoles juives.
17 juillet	Les Juifs aveugles ou sourds n'ont plus le droit de porter le brassard qui les signale aux automobilistes.
18 septembre	Les Juifs n'ont plus le droit d'acheter de la viande, des œufs et du lait.
4 octobre	Tous les Juifs des camps de concentration seront transférés à Auschwitz.

1943
21 avril	Tous les prisonniers juifs, après avoir purgé leur peine, seront envoyés à Auschwitz ou à Lublin.

1944
1er septembre	15 000 Juifs environ vivent encore en Allemagne.

13 novembre	Tous les lieux chauffés sont dorénavant interdits aux Juifs.

1945
8 mai	Fin de la Seconde Guerre mondiale. Chute du Reich.

TABLE

Prologue 1925	9
1. Les galettes de pommes de terre 1929	13
2. La neige	19
3. La visite de Grand-père 1930	27
4. Vendredi soir	33
5. La première rentrée des classes 1931	37
6. Un samedi, au retour de l'école 1933	45
7. L'anneau de cuir	53
8. La balle	61
9. Conversation dans les escaliers	67
10. Monsieur Schneider	71
11. Le procès	77
12. Le grand magasin	85
13. Le maître d'école 1934	91
14. La femme de ménage 1935	99
15. La mise en garde 1936	105
16. À la piscine 1938	113
17. Les treize ans de Frédéric	119

18. Le professeur de gymnastique	127
19. Le pogrom	133
20. La Mort	143
21. Les lampes 1939	149
22. Le film 1940	155
23. Des bancs verts et des bancs jaunes	161
24. Le rabbin 1941	167
25. Les étoiles jaunes	173
26. Salomon	177
27. La rafle	183
28. Des vandales	187
29. La photo 1942	191
30. Dans l'abri antiaérien	197
31. Fin	203
Annexe	207
Table chronologique	213

« Pour l'éditeur, le principe est d'utiliser des papiers composés de fibres naturelles, renouvelables, recyclables et fabriquées à partir de bois issus de forêts qui adoptent un système d'aménagement durable. En outre, l'éditeur attend de ses fournisseurs de papier qu'ils s'inscrivent dans une démarche de certification environnementale reconnue. »

Composition PCA - 44400 Rezé

Achevé d'imprimer en Espagne par LIBERDÚPLEX
Sant Llorenç d'Hortons (08791)

32.10.1252.9/02 - ISBN : 978-2-01-321252-6
Loi n° 49-956 du 16 juillet 1949 sur les publications destinées à la jeunesse
Dépôt légal: février 2008